三民叢刊 240

詩來詩往

向明 著

三民書局 印行

鉤稽沉珠，闢舊闡新

——序向明詩話集《詩來詩往》

瘂弦

詩是一切文學藝術的初極與終極。當詩人的工作範圍擴大到其他文類，或延伸到學術研究的領域，這並非意味詩人對本務的偏離，而是詩的思維廣義化的另一種發展向度。通常，一個詩的寫作者在年輕時創作量豐沛，等到中年以後，個人藝術風格確立，精神世界建構完成，很自然地便有了文化關懷和學術的傾向。這樣的例子很多，以五四新文學時期來說，許多在詩壇上活躍的詩人，後來也都從事研究工作，如聞一多專攻神話，陳夢家考證古文字學和古史年代學，孫大雨從事翻譯理論著述，李廣田獻身西南少數民族民歌整理，林庚潛心研究屈原、李白，宗白華致力美學等。

我的朋友向明是一位精勤用功之人，他博學彊記、敏於思考。古人常以「癡氣盎然」來形容學者治學之專注，而我這位老友讀寫認真的程度也稱得上是「用功成癡」。向明文學生活的學術化傾向，應是源自他創作風格的篤定和自我精神世界營造的接近完成。我發現他近年的詩風，有大跨度的飛躍，從早期的真摯自然、溫雅秀朗，中期的繩墨嚴謹、樸茂厚重，一變而為近期的老勁橫發、鬱勃雄放，幾乎每一時段都呈現不同的風貌、不同的意涵，其間的轉折變化，頗耐人尋索玩味。蛻變，是藝術家內在成長秩序的必然過程，詩人中晚年以後法度的更易，意格的提昇，不僅代表更高的思想體系之探求，也象徵一個文人卓然獨立、輝映當代的自我期許。

「舊學商量加邃密，新知培養轉深沉」（朱子語），向明涉獵的範圍非常廣闊，有舊學，也有新知，上自對中國古典文學群峰之上奧林匹斯諸神的嚮往膜拜，下至對年輕世代詩人的發現與識拔；從史料的鉤沉探微，到文學與社會互動的關心，都是他論述的範圍，而不管是古典或現代，他都以一種邃密、深沉的態度，窮理致知的精神，苦苦追求，審慎從事。他的學術思路有一個特點，就是試圖把考據義理辭章的界限打破，將三者融合起來，避免單一的純考據與純義理，而把考據和義理所得來的推論全部用在辭章的詮釋上。最好的理論運作，應該是通過鑑賞去了解作品，所謂萬變不離其宗，這個宗，便是詩的本身；只要不偏離詩，有人性的溫熱在，考證和論評就不會變成冰冷的學問。傳統的批評常常毫不留情地把作品放在手術臺上做切片檢查，向明則是秉持著為文學傳道的熱忱，殷切中肯地為詩做導覽，絲毫沒有批評家的霸氣和凌厲之色，這，乃是屬於一個文化守望者、詩壇有心人的行徑了。近幾年他癡氣旺盛下的研究成果，大大拉近了批評者和創作者之間的距離，通過充分的心靈對話和交感，使他的論述與嚴冷的專業批評大異其趣，而成為學院之外的另一種聲音。

為了引申詩的記憶，向明在高雄《臺灣新聞報》「西子灣副刊」所闢「詩來詩往」專欄中，上天下地的尋找一些湮沒已久的史料，經過細心考證、校勘與比對，整理出一批批的出土文物。對於文學典律，他總抱持高度神往、敬謹和珍愛的態度，試圖以現代的文心詩眼，加以重新評估，不只是找出其中的警言秀句、篇外餘味，更著重發現古典中的現代意涵。對於詩壇懸之已久的公案，他更是追根究柢，務使一些研究上的盲點得到解決。這種抉古典之隱、彰顯前賢的做法，應該是面對傳統的正確態度。從他的文章中可以猜想，他這些年對歷代的詩話，必然大量披閱過，從中思考中國詩學理論的基礎模式，進而對詩人們創作的實際經驗作美學的概括，根據作品實例進行考據，以詩的感性領會義理。豐厚的閱讀累積，加上深刻的創作體會，向明常常發現一些學院批評家們較少觸及的角度，能夠把想像與真實、理論與實踐之間的表裡經緯，語字外延的機趣韻味，以新的方式顯影出來，這樣的批評思路，與傳統詩話所謂的文思合迫、相互發明，可謂殊途同歸。

自古文人間常有門戶之見，品評詩文、臧否人物，每每失之於主觀，且有排他的傾向。向明的詩話則能夠做到超越宗派，尊重歷史，珍惜文學發展道路上的每一塊碑記，對一切過往詩人們的努力給予應得的肯定。這種縱橫開闔、敦厚恢宏的態度，洵屬難得。

在這本詩話集中，向明網羅了不少文壇掌故，每一則都充滿了趣味和姿彩，引人入勝。對很多論題，儘量避免乾燥的說理，而以娓娓傾談的方式表現出來，形成他雋永的敘述風格，帶給讀者親切自然、春風化人的印象。他很少使用辛辣鋒利的詞句，也絕不誇張矯情，或故作驚人之語，總是有一分證據說一分話的進行溫婉的解說，任何小題目小問題經他點化，就會產生一種會心與妙悟。也許有人會覺得向明詩話有時未免小題大作或冷題熱作，但識小而大通、管錐而天地，只要能由點的生發，擴大到面的推論，把小題變大、冷題變熱有何不可？有些故紙堆裡的題目，塵封在那裡也許永遠不見天日，經他鉤深索隱，賦予新的生命，正所謂發潛德之幽光，誰曰不宜？有時，向明並不迴避流行的俗文化現象，一些街談巷議的話題，偶爾他也拿來說說。他深知文學的原則和立場，是既不可過於執著又不可妥協放棄，只有採取化而通之的辦法；現實是無法迴避的，也迴避不了，只有設法與它建立互動互補的關係，在俗文化與純文化之間找到平衡點，才能引起大眾的注意與興趣。譬如不久前有人把徐志摩的故事演繹成肥皂劇「人間四月天」，劇本中不少地方儘管扭曲了文學史的真實，劇名及劇情安排也有牽強之處，但向明在〈誰是人間四月天？〉一文中，並沒有對此嚴詞究詰，只是溫和地加以釐清和補充。也正因為這樣，對於整個問題反而產生匡衡的作用。從文學推廣的角度來看，由於連續劇強力傳播的刺激，帶來人人競讀徐志摩作品的熱潮，這未嘗不是件好事。

本書中的好文章甚多，〈為霞尚滿天〉、〈老去方知不朽難〉是寫老的，〈亂世文章不值錢〉是寫文人之窮的，〈豪華落盡見真淳〉是分析古代詩人「以詩論詩」的作品的，〈藏頭隱題，暗傳驚喜〉是探討「藏頭格」詩形的現代發展的，而〈把詩寫在大海上〉、〈聽不見浪花聲的魚化石〉則是關於海洋詩的回顧和賞析的，幾乎每一篇都有珍貴的史料和特殊的見地。我特別欣賞他對詩後加註的看法，他以詩壇前輩卞之琳名作〈距離的組織〉為例，認為這首詩後邊總字數數倍於詩本身的七條註釋，是多餘的。向明認為，一首詩本身就應該是完足的存在，不必借重詩後面拖的那個長尾巴。西方有句話說，詩，要靠詩自己去解釋，否則，就不必解釋。中國古人也有詩無定形、無定解的說法，詩中加註等於是作者的自解，有時不但沒有效果，反而限制了讀者想像的延伸，減低了欣賞的興味。向明的這種看法，對很多喜歡在詩後加註的人，該是一種提醒吧。中國古代詩人便絕少句解自己的作品，雖然很多詩前的序文，也有註記的意味，但那多半是為了說明作品產生的時空背景才特別安排的。序文和詩有時可以分開來獨立欣賞。如陶淵明的〈桃花源記〉就是一首詩的前序，由於寫得太精彩，後來竟變成一般人只記得〈桃花源記〉，卻幾乎忘掉〈桃花源詩〉的存在了。

近人張文江為錢鍾書寫傳，對這位被尊稱為「文化崑崙」的文學大師的思想風範，有很精闢的闡發，充滿了深刻的史識和濃郁的史情，讀後令人為之神往。其中他引了錢氏的兩段話，特別有意思。錢鍾書說：「大抵學問是荒江野老屋中二三素心人商量培養之事，朝市之顯學必成俗學。」又說：「文人慧悟逾於學士窮研，詞人體察之精，蓋先於學士多多許也。」這些話，似可為創作家有兼治批評之必要作最好的理論根據。中國古典詩人一向有撰寫詩話的習慣，譬如唐代詩人王昌齡，五卷詩集傳世之外，還寫了《詩格》、《詩中密旨》、《古樂府解題》等多卷，對於詩的格律、境思、體例甚多創見。詞人李清照，也曾為文批評北宋諸大詞家，指出其作品之缺失，用詞犀利、見解獨特，她這種與別人完全不同的價值判斷，對當時一些主流的文學看法是一種批判，也使我們更清楚地窺見那個時代文學的真實面影。相對於古人，現代詩人詩話的產量嫌少了。我一直認為，專業詩論家的評論固然重要，但「荒江野老屋中二三素心人商量培養」下的吉光片羽，或文人詞客來自創作實踐的直覺「體察」，也不能偏廢。張文江以「鉤稽沉珠，闢舊聞新」稱讚錢鍾書梳理古典、宏揚傳統的精神，我也想以這八個字來點出向明這一系列搜密文章的價值所在，並藉這句話對老友在研究上的執著與堅毅，表示欽敬之意。

詩來詩往

目次

輯二　浣花溪的天寶年流法

輯三　高過亞歷山大石柱

輯四　沒有意象・詩會異樣

輯一

布衣亦可傲王侯

屈原的委屈

屈原姓屈，名平，字原，小名正則，小字靈均。他這個屈姓是源於一個地方。據說春秋的時候，楚武王的兒子瑕食，采於屈的地方，即現在安徽淮河流域一帶。後來他的子孫就拿地方的名字屈作為他們的姓氏，屈原便是這些子孫中的一個。這個屈姓的後代後來便成中國文學史上偉大的人物。不過他這個屈姓姓得並不吉祥，他一生以至死後這二千多年來受盡了委屈。

屈原受的最大的委屈便是他在世時為官的那十五年左右。屈原本來是一個既有政治見識，復有愛國熱誠，對內既能和懷王議國事，對外能辦外交，又會應對諸侯的大能人。無奈樹大招風，先是因一張憲令草稿不肯隨便示人，被親秦派的政敵跑到懷王那裡去進讒言，說屈原自大，有藐視君王之意，昏庸的懷王居然信以為真，便疏遠了屈原，給了虎視眈眈的秦王有機可乘，利用說客張儀以數字的騙術，要楚國和齊國絕交，許以六百里地。屈原洞悉其奸，便出來阻止，那糊塗的懷王不但不聽，反而革屈原的職，把他放逐出去。楚懷王絕了齊國之交，本想六百里地可以到手，哪知張儀辯稱只答應六里。懷王大怒便調兵打秦國，結果吃了大敗仗，一旁的魏國也乘虛而入，幾乎弄得楚國覆亡。這都是楚懷王剛愎自用，不信屈原的後果，使屈原受盡委屈。

懷王大敗以後，懊悔未聽屈原的忠言，乃把他從放逐之地的漢水召回，差他去齊國恢復邦交。屈原利用外交手腕和齊國交好，又刺激到秦國，於是又利用懷王的貪心，和楚國結了秦晉之好，並約楚懷王在武關相會。屈原知道秦王又是用計，便勸諫懷王，說秦王是隻老虎，懷王一去必定羊入虎口，懷王不但不信，他的兒子子蘭還鼓勵他去。結果一去便被秦王綁票，要求割地，懷王不從，便被秦王囚禁，兩年後就死在秦國。懷王死後，楚國太子橫——即頃襄王即位。照說懷王之出走秦國受辱又屈死，子蘭應該是罪魁。頃襄王不但不處分子蘭，反而放子蘭做令尹。屈原當然不滿，便說了些悲憤激烈的話。令尹子蘭便又唆使讒臣到頃襄王面前去誹謗屈原。屈原於是又遭放逐。從此以後遂脫離官場去過流浪生活。這是屈原的第二度大受委屈。不！簡直是屈辱。

屈原先後兩度遭放逐。第一次遭懷王放逐是在漢水之北，即現在的河南與湖北交界之處。我們讀他這時寫的〈抽思〉和〈悲回風〉，便可知他有時抬頭望南面的山哭泣，有時低頭對流水怨嘆，怨懷王不納忠言反而遷怒於他；嘆同僚沒有同情心，不替他說情，使他在愁苦中討生活。第二次被頃襄王放逐是在湘沅洞庭之間。在他的作品〈哀郢〉和〈涉江〉中有詳細的記載。他再慨嘆世人不識他的才德，又排斥他。世界混濁，人心敗壞，使他憂憤之至。終於在一篇絕命辭〈懷沙〉，一篇總回憶〈惜往日〉後，投汨羅江而死。從他不可一世的安內攘外，到樹大招風，屢遭妒忌，到罷官放逐，憂憤投水，這一生的世路過程看，屈原應可稱之為「忠臣烈士」或「愛國之士」，但他後來卻被稱為「愛國詩人」。他是以愛國忠君作為他人生的奮鬥標的，寫詩只是他後來不得意時的情緒發洩，從正名上看他也受了委屈。

民國以後，本來極具環保意義的端午節，只因屈原投水也是選在五月五日，於是自民國二十八年起明訂這一天也為「詩人節」。這樣把屈原的詩人地位更形加固了，而他那愛國忠君的正氣和作為只能在他的詩裡有些許輪廓，後人更不知他的真正偉大是在愛國，而不是在詩。早年現代派詩人施蛰存寫有〈怎樣紀念屈原〉一文便曾為屈原叫屈。他認為把屈原和但丁、歌德、莎士比亞擺在一起，實際是把屈原用來作為替中國爭取文化上的國際地位作幫閒。他以為屈原本意從來沒有想成為詩人，也從來沒有自居為詩人。屈原的自殺是以一個被放逐的忠臣身分，一點也不是一個失意的詩人。他說把屈原的詩人身分提高，無形中就是把他的忠臣身分貶低。文壇內外鬧嚷嚷的紀念屈原，很可能就把屈原變成「頭戴月桂冠的楚國朝廷弄臣」了。他甚至這麼說：「屈原之靈有知，也該後悔當初乾脆不必寫下那些抒哀的辭賦了。」確實，屈原一直是被錯亂角色了。好在他的詩確實是禁得起時間的考驗。作為一個偉大的詩人，受到世代詩人的景仰，他一點也不委屈。

君有奇才我不貧——鄭板橋寫真

前不久電視上播演鄭板橋的故事，非常精彩，可以說將鄭氏一生淡泊名利，篤於倫理，愛好自然，同情弱小的高尚情懷，忠實的呈現。鄭板橋素以詩書畫三絕著稱，但他卻一生謙虛為懷，從來不敢妄自尊大，而且常常貶抑自己，他在給他四弟的四言詩中就說：「學詩不成，去而學寫。學寫不成，去而學畫。」好像自己一事無成的樣子。然而即使這樣把自己看得沒有出息，卻又對自己的作品異常珍惜，即使對死後自己詩文的出處也有所交代。他在唯一的一本《詩鈔》序言最後說：「板橋詩刻於此矣。死後如有託名翻版，將平日無聊應酬之作，改竄爛入，吾必為厲鬼以擊其腦。」可見他對自己的看重，絕對不肯含糊地浪得虛名。

板橋的詩有人歸之袁枚的性靈詩派，然而也有人認為他比袁枚更高一籌。他自己則認為：「余詩格卑卑。七律尤多放翁習氣。」可見他也並不以歸之於某某名家一派為榮。但他也坦承「詩學三人，老瞞與焉。少陵為後，姬旦為先」，意思是他先習《詩經》，再學曹阿瞞，最後才學杜甫。對於袁枚，他有一聯吐露了心跡：

室藏美婦鄰誇豔
君有奇才我不貧

可見鄭板橋對這位同時代的名家，他是既不豔羨別人的美名，也不認為自己學淺。對於陸放翁，他除了不以放翁的習氣為榮外，並將放翁的詩與杜甫的詩互比高下。他說：「少陵詩高絕千古，自不必言，即其命題，已早據百尺樓頭也。閱其題次一種憂國憂民，忽悲忽喜之情，以及宗廟邱墟，關山勞戍之苦，宛然在目。放翁詩則又不然，詩最多，題最少，不過山居村居，春日秋日，即事遣興而已。」可見他之崇杜也有他的理由。

鄭板橋多才多藝，尤以他的小唱，即〈道情〉十首最為膾炙人口。這次電視劇中就有一群紈袴子弟聽一位歌女唱〈道情〉的場面。這群公子哥兒不學無術，卻又自負有才，認為〈道情〉不夠刺激，而心生不滿，加以詆毀。恰好鄭板橋和幾位畫友也在座。鄭板橋聽到有人大言不慚，貶抑自己的作品，便上前理論。為首的那位苗公子不識這就是鄭板橋本人，且看鄭一身土裡土氣，便要鄭對他出的對子來刁難。鄭板橋也不露身分要他先說上聯。那苗公子搖頭擺尾想了半天，自認必定考倒這個土包子。他說：

一塔四方八面

鄭板橋一聽這樣簡單的對聯實在沒有什麼學問，便伸出手來說不好，不好。苗公子以為鄭板橋答不出來，故意指手劃腳耍賴，要求趕快作答。在一旁的鄭板橋的好友金農說，下聯已經剛剛答出來了。苗公子說他只用手在比劃，哪有答出下聯。金農說那伸出來的手即已說出下聯，意思是：

五指兩短三長

苗公子一聽傻了眼，這人確實是高明，對得天衣無縫，只好自找臺階下，抱頭鼠竄而去。

電視演的這段鄭板橋、金農智取苗公子鬧劇是否確有其事，還是編劇者杜撰，一時無法考證，倒是鄭板橋寫的〈道情〉十首確實是不容隨意詆毀，且應廣為宣揚的勸世醒世歌詞。鄭板橋在寫這十首〈道情〉的前面有一段詩文並茂的前言，他說：「楓葉蘆花並客舟，煙波江上使人愁。勸君更盡一杯酒，昨日少年今白頭。我今譜得〈道情〉十首，無非喚醒癡聾，消除煩惱。每到山青水綠之處，聊以自遣自歌；若遇爭名奪利之場，正好覺人覺世。」可見鄭氏的立意高遠，旨在闡釋富貴的無常，歸於漁樵農牧方得閒適。十首〈道情〉各針對一個世間人物，現將頭尾兩首錄在下面，窺此可概其餘也：

老漁翁，一釣竿，靠山崖，傍水灣，扁舟來往無牽絆。沙鷗點點輕波遠，荻港蕭蕭白晝寒。高歌一曲斜陽晚，一霎時，波搖金影；驀抬頭，月上東山。

撥琵琶，續續彈，喚庸愚，警懦頑，四條弦上多哀怨。黃沙白草無人跡，古戍寒雲亂鳥還，虞羅慣打孤飛雁。收拾起，漁樵事業，任從他，風雪關山。

11 哪個蟲兒敢作聲

詩的爭論歷來就很多，有的是從字詞的解釋上，有的是從詩意的指涉上，有的卻追蹤到詩的來歷。近代詩的爭論之多，莫如毛澤東早年寫的那首〈詠蛙〉詩。別小看這是毛少不更事時的作品，但自從被媒體公佈後，即不斷有文字在追究其真實性，更有人懷疑是抄自古詩人的作品。毛澤東十七歲時寫的〈詠蛙〉為一首七言絕句，詩如下：

獨坐池塘如虎踞，綠楊樹下養精神。
春來我不先開口，哪個蟲兒敢作聲？

此詩最早出現在一九六六年文化大革命紅衛兵小報上。據說是毛在一九一〇年秋進湖南湘鄉縣立高等小學入學考試，為作文題「言志」所交出的答案卷，即是寫的這首詩，並曾受到校長的誇獎。此詩後來再度於一九八七年在廣州的一家晚報出現，當即受到拍馬文人的讚譽，認為「毛澤東滿腔熱情地抒發了一個十七歲青年救國救民的抱負和志願」。但是不踵旋出現了各種懷疑的聲音。有位叫米翁的作者在一篇〈談兩位晚清秀才〉的文中指出，浙江餘姚一位邵秀才告訴他一首明代奸臣嚴嵩的少作，即是有關青蛙的詩，這首詩的原文應是：

獨坐池邊似虎形，綠蔭樹下彈鳴琴。
春來我不先開口，誰個蟲兒敢出聲？

因此米翁斥這首詩傳為毛澤東的少作，簡直是胡說八道。接著一九八八年五月廿二日《中國青年報》的副刊上，刊出一位黃飛英寫的〈「詠蛙」詩的作者是誰〉一文，文中說這首詩出於清末湖北英山名士鄭正鵠之手。由於鄭是著名的清官，因此常遭一些心懷叵測的人刁難，有人送一幅蹲坐樹下張開大口的青蛙圖去請鄭題詩。鄭即寫下一詩相贈，詩是：

小小青蛙似虎形，河邊大樹好遮蔭。
明春我不先開口，哪個蟲兒敢作聲？

據說送畫的人看了這四句詩，怯然而退，再也不敢來找碴。寫這篇追究文章的黃飛英說，毛少年喜歡古詩詞，也讀了不少稀奇古怪的東西，因此略改數字應付入學考試，也是有此可能的。但是北京名詩人邵燕祥卻在一九九二年因見米翁說此詩原係嚴嵩的少作，也以〈「詠蛙」詩的故事〉說出了他的觀點，他認為這種說法即使是傳說，卻也不無因由，他說從詩裡所透露出的一派唯我獨尊的氣勢，卻也與嚴嵩的跋扈專權如出一轍。但是他也說如果這首詩真是嚴嵩所作，他認為毛不會去借用。他倒認為鄭正鵠題青蛙圖一詩，才是毛詩的真正源流。

最近讀童元方女士的書《一樣花開》，書中也提到毛在十七歲寫的這首〈詠蛙〉。童教授是從毛對韓愈之熟悉和對韓愈詩的袒護研究中得到的啟示，她認為唸了毛的〈詠蛙〉以後，很難不想起韓愈的五首〈盆池〉。其中第一首就與毛的〈詠蛙〉相映成趣：

老翁真個似童兒，汲水埋盆作小池。
一夜青蛙鳴到曉，恰如方口釣魚時。

另外還有一些對毛澤東這首少作的反應。譬如浙南地區的傳說，明嘉靖年間有一張聰閣老，少年求學時，因貪玩被老師罰站池塘邊楊柳樹下，囑寫出一首詠蛙七絕詩。張聰被罰寫出的詩，即與毛所寫完全相同。因此毛的這首〈詠蛙〉詩被疑並非完全為毛所創作，出現許多版本。其中只有童元方指出係受韓愈詩影響，比較具有學術研究價值，但也認為只是相映成趣而已。至於那些句形似又不似的傳說，雖然至今尚找不出誰是真正的元兇，但哪個初習詩的人不會去從別人那裡偷些現成的東西裝門面呢？所以也不能苛責少年的毛澤東了。

布衣亦可傲王侯

對聯又稱對句，俗稱對對子，是舊詩文中最通俗的一種文體。通常是由二行協韻的詩句組成。但兩句的意義又必須能相互對照，自成一獨立之觀念體系。舊小說、舊筆記中這種對對子的故事最多。一般民間的門聯春聯也都是兩句相對稱的句子組成，且有切合某一行業特有的對聯。至於一般大戶官宦之家的中堂掛的對聯則必為名書畫家之傑作，否則是上不了排場的。這種字少卻內涵深的文體，除了配合漂亮的書法平面展示之外，如果當場口出一聯，讓人立即對出下聯，更可凸顯雙方才學之深淺，反應之敏滯。所謂「文章一出口，便知有沒有」，便是透過這種比現代學位口試更嚴苛的方式測出來的。

國父孫中山先生出身醫科，一生為國為民，奔走革命，雖曾寫出《建國方略》、《建國大綱》、《三民主義》等經世濟國的不朽巨著，卻鮮少有文事的篇章出現。他唯一的一次對對子的軼事，還是被當年湖廣總督張之洞輕視他，逼他出來露一手的。最近我從一本《中外詩歌研究》的文章中，找出了這個本事。

原來在清光緒年間，國父從美國檀香山留學返國，途經武昌總督府，想見湖廣總督張之洞。他向總督府的守門官遞上了名刺，上書「學者孫文求見之洞兄」。張之洞乃兩榜進士出身，當時官居總督高位，掌握兩湖兩廣廣大政經資源，正是不可一世的時候。一瞧見守門官遞呈的名片，心裡便不是滋味，便問來者何人。守門官回答看起來像一個書呆子。張之洞一聽便令人拿來紙筆，寫下一行字，想當場考一考這個書呆子，說不定可以讓來人知難而退。湖廣總督是何等事煩，能免接見就免了。這一行字原來是這樣寫的：

持三字帖，見一品官，儒生妄想稱兄弟。

國父是何等樣人。只見他將那一行字瞧了瞧，便也寫下了一行字，請守門官轉呈總督。張之洞拿來一看，便不免暗自一驚。那一行字寫道：

行萬里路，讀萬卷書，布衣亦可傲王侯。

國父的這一行字，不但對仗工整，而且無一句不是針對張之洞那一行上聯予以反擊反諷，張之洞也是個識才的人，當下命令守門官大開中門迎接，款以上賓之禮。國父敏捷的才思和淵博的學識終於征服了傲慢的張之洞，很輕易就達到了要見張之洞的目的。可見詩質的對聯分量雖不重，但必要時卻可發揮大功用。詩這一文體本來就是用來以小搏大的，否則何需詩人的字斟句酌，吟成一個字，捻斷數根鬚？

為乾坤祈福

聯對的文學藝術具有多面向的應用功能。除了一般常見的裝飾門庭外，古時私塾的冬烘先生常用來測驗學生的天分資質，亦是應用功能之一。好多大學者、大人物都曾在幼年讀書時接受這種口頭應對的考驗。近代名人林則徐幼年讀私塾時，因家窮，三餐常無以為繼，每到中午休息時，他都躲到附近廟裡去逗留，等人家吃完午餐才出來。他的私塾老師知道之後，非常同情他，便免了他的學費，還供他吃午飯。一天適逢中元普渡，廟裡熱鬧非凡。老師知道他對這種民俗慶典一定非常熟悉，便出了一句對子要林則徐當場對出來，這上一句是這樣的：

點幾盞燈，為乾坤祈福

林則徐是福建閩侯人，福建沿海中元節廟裡張燈結綵，海上放水燈是最隆重的紀念儀式。這上句點出這個節日的重要。林則徐聽後，不假思索，伸手去拿起鼓槌就擊起鼓來，然後他說：

擊三聲鼓，代天地行威

這對句也對答得雄渾壯闊，正是信眾的心聲。十足顯出小小林則徐的機智和抱負。後來他能位極人臣，並為當時積弱的清廷展開禁煙運動，和英國人打一場轟轟烈烈的鴉片戰爭，都可以從他自小的雄心壯志中看出來。這位私塾老師欣賞林則徐真有眼力。

不過也有那不稱職的冬烘私塾老師，出對子考學生，卻反而把自己考倒的醜事。

據說從前有個私塾先生有次出了只有四個字的對子要一個學生對。那四個字是「琵琶結子」。但這四個字中卻有兩個別字，「枇杷」錯成了「琵琶」。第二天學生把他對的一句告訴老師是「嗩吶開花」。老師一看大怒，便責問學生：「嗩吶是吹的，你幾曾見過它開花？」誰知學生早在家裡請教過他的父親。父親要他看老師的反應說話，如果老師發脾氣，就把父親寫的一首打油詩給老師看。學生見老師果然大發脾氣，便把父親寫的詩拿出來呈給老師。老師打開一看，馬上臉都綠了，恨不得有個地洞可以躲進去藏身。原來那首打油詩是這樣寫的：

枇杷不是這琵琶，想是先生筆下差。
琵琶若是能結子，嗩吶豈敢不開花。

舞文弄墨不是光有膽量就可服人的。最要緊的是思考縝密，字斟句酌，謹慎小心。光憑直覺不去求證，往往下場就如這位冬烘先生。

乾坤寫得數行多

古時候文人們聚在一起時，多愛聯句作詩或行酒令以湊趣。這種即興式的應酬詩有的多半是打油之作，無甚文學價值。有時碰到高明的對手，不免出現相互較勁一場，這時就有好戲看了。

清代在剿平太平天國作亂之時，出了四位中興名臣，他們是曾國藩、左宗棠、彭玉麟、胡林翼。四人都是湖南人。湖南歷來唯楚有材、文風鼎盛，這四位大臣的文章道德也都是一流。左宗棠曾寫過傳誦一時的自題書齋聯：「身無半畝，心憂天下」、「讀破萬卷，神交古人」。彭玉麟在和太平天國交戰奪回小姑山後，寫過意興風發，語意雙關的「十萬健兒齊鼓掌，彭郎奪得小姑回」的名句。

有一天這四位科舉出身，戰功顯赫的大臣，忙裡偷閒齊約在范仲淹題過詩的岳陽樓見面，欣賞洞庭湖的風光，以慰征戰的辛勞。他們在飲酒作樂之餘，不免詩興大發，共約聯句湊興。題目即是當下眼前的洞庭湖，不限韻腳，只要自然貼切就行。由於曾國藩年齡最長，且為彭、胡的直屬長官，大家公推曾老起句。曾國藩稍作沉思，即說：

洞庭好似硯池波

左宗棠素來不輸於人，以文雄自負，也隨口接道：

暫借君山做墨磨

君山是洞庭湖中靈秀的小島，真像是硯池中那一方墨條，比得十分真切。彭玉麟雖擅於操練水師，但詩畫均精，尤擅畫梅，也隨口就接上一句：

古塔倒懸堪作筆

湖畔塔影倒映水中，確實像一枝大筆，可見彭玉麟就地取材的靈敏。三人把洞庭湖的水色、山光、塔影都朝文房四寶的比擬聯句，最後只剩下以紙為材的一句聯成才能和前面三人所寫卯合成組。進士出身的胡林翼不愧三湘才子，略加致意，當即應答：

乾坤寫得數行多

大家一聽以天地乾坤喻紙，真是想得奇妙，也作結得響亮有金石聲。於是一首詠景抒懷的七言絕句，便在你來我往的競技中完成。在武備上這四人是湘中翹楚，在文事上這四枝筆也是不可輕侮的湘軍呵！

青草池中聽蛙鳴

最近由於對傳統的聯對文學甚具興趣，不免專找有關這方面的資料來閱讀。同時在旅行時更關心一些楹聯、對聯，尤其到大陸旅遊時心得更多。今天我要提到的一個發現是原來青年時期的毛澤東，也曾出口成章，巧對過一聯。據童元方教授在論〈毛澤東的中學筆記——講堂錄〉一文的附錄〈有關「詠蛙」一詩〉提到，毛澤東在一九一六年他二十三歲時，曾經異想天開要去沿路乞討，以體驗生活。而他的家鄉湖南文風鼎盛，毛每到一地，當地的仕紳不是刁難他，就是看不起他。刁難的方法是，毛澤東一上門就出一「對子」要他對，如果對得滿意就予以招待，否則驅趕出門。有一位鄉儒出的對子是這樣子的：

綠楊枝上鳥聲聲，春到也，春去也。

毛澤東從小就對詩詞有所偏愛，而且非常鍾情於唐代三李——李白、李賀、李商隱，所以馬上就接上下聯：

青草池中蛙句句，為公乎，為私乎。

就對子所要求的對仗工整切合言，這一下聯可說是無懈可擊。只是年紀輕輕的，就藉題質問蛙鳴是為公還是為私，未免過於早熟，且具政治意味。

童元方教授在介紹完這付對子後，認為這首一九一六年的對子「可能是毛最初的創作，而竟然是蛙」。關於這付對子的下聯是否係毛最早的創作，我認為仍待考證。不過據我讀過的毛的《詩詞全集》，以及重慶西南師大出版的《中外詩歌研究》第三十七期〈詩歌應用的層次與佳境〉一文所載，毛的最早詩歌作品是他十三歲時，因調皮搗蛋，偷偷溜出私塾，跑到後山去採毛栗子，而被老師發現處分，要他就院子中的天井為題，寫一首讚井的詩。據說毛繞井兩圈，就口占一詩答應：

天井四四方，周圍是高牆。
清清見卵石，小魚囿中央。
只喝井裡水，永遠長不長。

這首詩其實也只能算是打油詩，但卻透露出毛澤東從小就不願當「池中物」的鴻鵠大志。至於說那付對子毛澤東對的「竟然是蛙」，也值得從長計議，因為毛早在十七歲時，就寫過一首〈詠蛙〉詩，這首詩同樣透露出他後來成為一代梟雄的遠因。但是這首詩究竟是不是他寫的，還是剽竊工作，至今仍是待解之謎。

京口瓜州一水間

在宋代的文學名家中，王安石的成就是獨樹一幟的。他的詩一洗五代舊習，不受當時綺靡風氣影響，尤為世所推崇。而王安石又曾擔任過兩次宰相，變法維新，改革舊政，擁護者與反對者終朝打筆墨官司，因此有關他的掌故趣談，多得不勝枚舉，更豐富了他的文學成就。

王安石詩文中最令人念念不忘，常被人拿來傳誦的，當推他的一首七言絕句〈泊船瓜州〉：

京口瓜州一水間，鍾山只隔數重山。
春風又綠江南岸，明月何時照我還。

這首詩其實很平淡，只不過是詩人路過瓜州，懷念金陵的一些感慨。然而只因其中一個「綠」字用得巧妙，便成了歷來詩人煉字的典範。此字據傳一連更易十數次才大膽定案，從此就定了江山，傳之久遠。如拿現在修辭學的尺度來衡量，只不過是略施「轉品」的技巧，便使得詩的色彩既鮮明，更具楊柳春風的動感。

王安石常常因這樣驛馬星動，而得到詩的眷顧。他的如夫人就是在他赴京趕考，路過馬家鎮而因詩結緣的。經過是這樣：王安石路過馬家鎮時，正值鎮上大戶馬員外出聯招婿，聯句是高高的寫在走馬燈上，便利路過的行人都有得見。挑戰的聯句如下：

走馬燈，燈走馬，燈熄馬停步。

王安石走過時因忙著趕考，只隨意的看了一看，未及細想便上京去了。待王安石順利通過了科場考試，去面試時，不想主考官指著考場外飄揚的飛虎旗也出了一聯考王安石：

飛虎旗，旗飛虎，旗卷虎藏身。

王安石一看馬上便記起了馬家鎮的走馬燈上的擇婿聯，正好對應。於是便不加思索的對了上去。主考官大為滿意，認為真乃絕配，王安石便輕易的高中榜首了。

待王安石考完回家又經過馬家鎮時，他更胸有成竹了，便又將考場面試的飛虎旗上聯，去對馬員外走馬燈的下聯，當然仍然對得天衣無縫，無懈可擊。便馬上成為馬家的乘龍快婿。王安石不費半點筆墨，便一舉完成「金榜題名，洞房花燭」兩件人生大事，這也是文人的一絕了。

為霞尚滿天

人人都怕老，老卻不勝防。
昨日才無齒，今朝視茫茫。
髮白如蒿草，無杖寸步難。
驚雷若蚊吼，諸事過目忘。
愛言當年勇，獵豔最當行。
若問明朝事，猶言好商量。

這首七言詩〈詠老〉是我近日的戲作。可說是我自己與我同年齡層的忠實寫照。比我至少小四歲的詩人畫家楚戈，前幾日相見，居然已拄杖而行，嘴角歪到一邊，說話已囁囁囁囁。他是當年我的戀愛顧問，也是獵豔高手。商禽比我小兩歲，能詩能酒，當年非金門陳高不飲，近日同到金門酒鄉，卻滴酒不沾，因為視網膜破裂剛剛修復完成，最怕酒精刺激，而兩腳也痛風得邁不出大步。這一切無非都是不勝防的老已君臨到身，奈何它不得。

最近獲得一本《中國歷代詠老詩詞曲選》，自先秦南北朝至民初的近代約一百八十餘人寫詠老詩詞曲二百九十一首。真是一本洋洋大觀的奇書，多虧有心人的蒐集。不過這本書雖為「詠老」的詩詞曲選，寫的人未見得俱都是老者。「老氣橫秋」是中國人的普遍文化修養，只有老才能說得上話來，於是不老便也裝老了。詩文中屢屢出現的「白首」、「華髮」一類詞句，別以為此人真已垂垂老矣，其實可能僅三、四十許人在賣老。至於像賀知章樣，已經高達八十六歲時還在還鄉詩中寫「兒童相見不相識，笑問客從何處來」，則便是已達忘老的化境了。

這本書中幾乎全是寫個人老境，或因老有感的詩。只有唐代的白居易和劉禹錫就臨老的處境和遭遇有所感嘆和互勉；他倆是同庚的老友，經常詩來詩往的應答。這次先是白居易寫了〈詠老贈夢得〉一詩，夢得乃劉禹錫的別號：

與君俱老也，自問老何如？

眼澀夜先臥，頭慵朝未梳。
有時扶杖出，盡日閉門居。
懶照新磨鏡，休看小字書。
情于故人重，迹共少年疏。
唯是閑談興，相逢尚有餘。

白居易這首詩寫盡了人到老時的悲涼景象，各種生活不便盡入詩中，令人見老心怯。不久劉禹錫就和了一首〈酬樂天詠老見示〉。劉比白較樂觀，雖然也嗟嘆老境堪憐，但對生活前景仍充滿希望，對白居易的悲觀有所勸勉：

人誰不願老，老去有誰憐？
身瘦帶頻減，髮稀冠自偏。
廢書緣惜眼，多炙為隨年。
經事還諳事，閱人如閱川。
細想皆幸矣，下此便翛然。
莫道桑榆晚，為霞尚滿天。

劉禹錫認為老是一種誰也不會憐憫的自然現象，一切遭遇都是命定，無可抱怨之處。但老來閱歷多了，了解的世故人情也很透徹，心裡也就感到這也是一種幸運，也就覺得自己還是大有可為的，最後兩句「莫道桑榆晚，為霞尚滿天」，便是這種樂天的抱負。現在常常有人拿這兩句詩來振奮老年人。

入木三分罵亦精

搔癢不著讚何益？入木三分罵亦精。

清代大儒鄭板橋常以這兩句有如昔日衙門審案時的「驚堂木」的詩作要求，來評論文學作品。他認為如果評論一件作品一味的叫好，卻沒有指出作品好在哪裡，壞在何處，這樣的隔靴抓癢，對誰都沒有好處。評斷別人作品時，只要說得有道理，能夠入木三分，即使是開罵指責也是在求好求精。鄭板橋對自己的作品去取一向要求非常嚴謹，而且也極為謙虛。雖然詩書畫三絕，他卻認為自己的詩「詩格卑卑，七律尤多放翁習氣」。他自謙他的字是「六分半書」，因為他那自成一家的書法竟然隸楷參半。他以這種虛懷若谷的心理去追求別人真心的評論，要抓到癢處，要入木三分，這種態度是值得效法的。

可是從古到今所有的文學評論、藝術評論，不論青紅皂白，一片叫好者何其多，敢於入木三分說真話者少之又少。有些明明文字基本功都未練好，便立別號，便上詩箋，儼然以大詩家、名詩人自居，而且還有一批臭味相投者在護航在叫好。如果說當今「詩」風日下，寫出來的詩不忍卒睹，實在不能全怪詩人勇氣大，臉皮厚，而且也要怪那些批評家沒有盡到監督的責任，放任這些人作怪有以致之。

鄭板橋卻最看不慣這種鄉愿作風，批評起來六親不認。他在〈寄舍弟墨〉第五書中，對陸放翁有極嚴厲的指責，說放翁的「詩最多，題最少，不過山居村居，春日秋日，即事遣興而已」，並認為這不過為了「了卻詩債」。其實他是說陸游不思長進，寫出的詩總是在一些舊題材上打轉。他這種看法和近代學人錢鍾書對陸游詩的看法如出一轍。錢鍾書便曾在他的《詩藝錄》中毫不客氣的諷刺陸游「自作應聲之蟲」。

鄭板橋這種敢言的作風自幼即曾有所表現，他連他老師的詩作得不好，他都敢當面質問。據說他十歲那年，他和老師到郊外遊玩，突然看到橋下一具女屍，他嚇得不敢正視。老師為了分散他的注意力，便說我作一首詩給你聽：

二八女多嬌，風吹落小橋。
三魂隨浪轉，七魄泛波濤。

鄭板橋聽完便心裡琢磨，總覺得這首信口唸來的詩不大對勁。便問老師怎麼知道這個女屍年方二八，又怎麼知道是被風吹到橋下？這三魂在哪裡？七魄又是什麼？老師怎麼能看到是在波濤裡打轉？

老師被問倒了，回答不出來。他哪裡知道這個小孩子會有此膽識質問老師。便說，那你認為該怎麼寫，你作一首給我看。小小的鄭板橋不慌不忙的說，我不必另作一首，只需將老師的詩改幾個字即行。於是他唸了起來：

誰家女多嬌，何故落小橋。
青絲隨浪轉，粉面泛波濤。

老師一聽果然只有佩服的份，連說：「改得好，改得妙。」

相思欲寄從何寄

自從電腦網路發明以來，人與人之間的連絡，已經從平面的書寫轉而利用電子郵件，達到真正快速互通有無的立時效果，這在從前那個農業時代是做夢也想不到的。但是即使是在那平面書寫的時代也有一些匪夷所思的通信手段，令人嘆為觀止。下面有兩則故事：

清代才子袁枚的《隨園詩話》中有一則故事。一個叫郭暉的年輕人，有一天從遠方給妻子寄來一封家書。他的妻子拆信一看，原來只是一張白紙。妻子是個才女，知道是丈夫的深切思念她所致，就在白紙上寫了一首詩寄回去。詩曰：

碧紗窗下啟緘封，尺紙從頭徹尾空。
應是郭郎懷別恨，憶人全在不言中。

郭暉的一張無字天書，在才女妻子的眼中卻有離愁別緒的無限寄意，也只有他們夫妻間的兩情相悅，才有這靈犀相通的默契。

另一則故事也是發生在清代，當時有一個不識字的妓女，卻有一個非常要好的恩客。但恩客卻並不能終朝廝守身邊，也有遠去他鄉的時候。妓女為訴相思之苦也想寫信傾訴，但她又不會寫字，無奈之下，只好在紙上畫些圈圈寄去。圈圈有大有小，有單有雙，有圓有缺，還有單圈一個，長圈一串。看不懂的人，真比看無字天書還費猜疑。她的恩客收到也是滿頭霧水，只好去找個有學問的人。有位詩人看了，想了一想，就用詞的方式把這些圈圈解讀了出來，這首〈圈兒詞〉如下：

相思欲寄從何寄？
畫個圈兒替。
話在圈兒外，
心在圈兒裡，
你須密密知儂意。
單圈兒是我，

雙圈兒是你，
整圈兒是團圓，
破圈兒是別離。
還有那數不盡的相思，
把一串圈兒圈到底。

另一位擅於寫曲的詩人看了之後，也看出了一番意思，他用小曲的方式解釋了這些圈圈：

欲寫情書，我可不識字。
煩個人兒，使不得。
莫奈何畫個圈兒為表記。
此封書有情人知此意，
單圈兒是奴家，
雙圈是你。
一溜圈兒圈下去——

一溜圈兒圈下去！

這一詞一曲各有妙趣。可以說很深情的曲盡了一個不識字妓女的滿腹相思之苦。現在網路族寫詩也有用符號來代替文字，或夾雜在文字中以增加詩的效果的。只是這些新世代的寫詩人並非不識字，而是認為有些詩用符號表達才過癮。只是也只有個中人才能解出其中含意。

詩與自然

面對自然的奧祕，各樣的人有各樣的反應。對一個科學家而言，他可能一心一意的追根究柢來破解自然的真象，找出其中有用的部分來改善人類生存的現況，使自然來適應人。而文學家們的態度則迥然不同。詩是中國文學的精華，我們中國的詩最顯著的一個特徵就是它將自然與人生作高密度的結合。多不肯以客觀的態度純粹描寫自然，或表現自然，而是直接去體會自然，親密而直接地去親近自然，使我們與自然融為一體。讓我們化身為自然，也使自然化身為我們。

我們中國詩人對自然最抓狂的就是南朝的謝靈運，他是我國山水詩的創始人。他在仕途失意之後，便肆意遊山玩水，組織龐大登山隊，帶領童僕多人到處尋幽訪勝、山野紮營，並自製前後都裝有鐵齒的登山鞋，以克服攀爬自然的險困。由於他有親征大自然的經驗，劉勰認為他的詩「儷采百字之偶，爭價一句之奇。情必極貌以寫物，辭必窮力而追新」。他把整個人投入了自然，因此他的詩也進入了自然境界。謝靈運有很多深入體會自然之奧祕的名句：「白雲抱幽石，綠篠媚清漣」、「池塘生青草，園柳變鳴禽」、「崖傾光難留，林深響易奔」、「雲日相輝映，空水共澄鮮」。

我們中國的傳統文化，常常是由儒釋道三種思想所左右。他們雖然在許多方面存在著差異，而對自然的親和則十分相近。孔子曰：「仁者樂山，智者樂水」，他要人去親和自然。他認為大自然天生麗質，無比的深奧美妙，人如果融入自然，形成主客交融，就可達到物我合一的高妙意境。而莊子更看重自然天地之大美，他在〈馬蹄篇〉所寫的自然景象，簡直是處人間樂園：「夫至得之世，其行填填，其視顛顛。當是時也，山無蹊遂，澤無舟梁。萬物群生，連屬其鄉。禽獸成群，草木遂長。是故禽獸可棄羈而遊，鳥雀之巢，可攀援而窺。夫至得之世，同於禽獸居，族與萬物並。惡夫知君子小人哉？同乎無知，其得不離。同乎無欲，是為素樸。素樸而民性得也。」在人類的歷史中，大概除了洪荒上古，恐怕沒有莊子所嚮往的這種極端自如自然的境界。至於釋家，則更是超塵脫俗的以返璞歸向自然為己志，因而有「天下名山僧佔多」的詩句。

司空圖在《廿四詩品》中有「自然」這一品：「俱道適往，著手成春。如逢花開，如瞻新歲。」也就是說詩人對世間一切都不勉強，順著過往的道路走，聽其自然，就可有花開果熟自然美的呈現。陸機在《文賦》中有四句話：「觀古今於須臾，撫四海於一瞬，籠天地於形內，挫萬物於筆端」，這也就是說要去體現與觀照自然而發為文學的生命。

陶潛和王維兩位詩人其所以盛名不朽，全繫於他們的酷愛自然。陶淵明一生安於所處環境，自得其樂，雖「弱年逢家乏，老至更長饑」，雖「傾壺絕餘粒，闚灶不見煙」，雖「弊襟不掩肘，藜羹常乏斟」，雖「夏汨常抱飢，寒夜無被眠，造夕思雞鳴，及晨願烏還」，但他無所怨，亦無所怒，猶能安貧樂道。他的樂是樂在沖淡自然，悠然物外，他的樂是「懷良晨以孤往，或植杖而耕耘，登東皋以舒嘯，臨清流而賦詩」，他是在自然中去找樂子。所謂「結廬在人境，而無車馬喧，問君何能爾，心遠地自偏。採菊東籬下，悠然見南山，山氣日夕佳，飛鳥相與還。此中有真意，欲辨已忘言。」陶潛之可愛處就在這種浸淫於自然欲辨忘言的境界。

王維的詩，更是時時刻刻追求一種怡然自樂的美，求清淡，求寧靜。他寫自然景物，無論一沙一石，一花一木，一片天空，一方水塘，都有他的心境在，純是一種自然的流露，不帶半點矯飾。他的名詩〈鹿柴〉：「空山不見人，但聞人語響。返景入深林，復照青苔上。」把空山深林在傍晚時分的幽暗景色，非常空靈的描寫了出來，簡直結合繪畫聲音之美。他的〈鳥鳴澗〉：「人閑桂花落，夜靜春山空。月出驚山鳥，時鳴春澗中。」這種大自然中的「靜」與「動」，只有王維這種詩人的特殊心靈才會感受得出。

古詩人的招隱詩、訪隱詩、遊仙詩、登臨詩也莫不是對自然山林的景仰，而興參天地造化之遐想。杜牧有首〈訪許顏〉的七絕：「門近寒谿窗近山，枕山流水日潺潺，長嫌世上浮雲客，老向塵中不解顏。」這首詩是指人如果多親近大自然的山山水水，會使人的爭逐名利心思淡化，開始討厭塵世中那些傖俗的嘴臉，這是大自然給人的教化力和教誨力。

清代詩書畫兼擅的詩人鄭板橋是一個對自然別具懷抱的文學家。他對自然的態度除了要師法自然，更要保護自然，尤其反對屈物之性而適人之性。如果照現代的觀點，他是一個力主保護自然生態環境的先驅。他最痛恨別人養鳥，他說：「平生最不喜籠中養鳥，我圖愉悅，彼在囚牢，何情何理，而必屈物之性，以適吾性乎？」但他並不是不愛鳥，只是愛之有道。他又說：「欲養鳥莫如多種樹，使遶屋數百株，扶疏茂密，為鳥國鳥家，固非一籠一羽之樂而已。大率平生處，欲以天地為囿，江漢為池。各適其天，斯為大快。」他連逗小孩玩的髮繫蜻蜓，線縛螃蟹也極力反對。他的理由是「夫天地生物，化育劬勞，一蟻一蟲，皆本陰陽五行之氣，絪縕體而出，上帝亦心心愛念，而萬物之性人為貴，吾輩竟不能體天之心為心，萬物將何所託命乎？蛇蟻、蜈蚣、豺狼虎豹，蟲之最毒者也，然天既生之，何得以殺之？若必欲殺盡，天地又何必生？」從鄭板橋這些觀點表明了他的宇宙自然觀是要天下萬物一律平等的看待，一切自生自滅，不可有弱肉強食的心理。這種思想與我們現在的所謂自然生態平衡保護觀念，幾乎不謀而合，也可以說是一種先見之明。

中國詩人對自然的親切和融洽非常生活化，幾乎隨時可在他們詩中表現出來。李白有兩句詠月的詩：「出時山眼白，高後海心明。」其實他是以人眼人心來渡化月光下的自然美，自然和人在此已彼此不分。白居易有首題白羽扇的詩，其中兩句「引秋生手裡，藏月入懷中」，秋景和月色都是大自然的時序景象，詩人手可以握住它，懷中可以藏匿它，人和自然成了密友。杜甫在江畔獨步賞花，不覺有兩句感懷的詩：「繁枝容易紛紛落，嫩葉商量細細開」，繁枝和嫩葉代表自然界的兩種現象，一枯一榮，一沉重，一輕盈。這兩句詩不覺暗示一個人生命的開展，應是從容細緻，別做怒放的繁枝。詩人們也常常以親暱的口吻看待自然，好像自然就是隨身的衣飾衾被似的。有人把天上的彩虹描寫為「一條繡帶束天腰」。晚唐一位詩人寫過「一床明月蓋歸夢，數尺白雲攏冷眠」，攏是靠近陪伴的意思。明月看成了被子，白雲可以伴枕而眠，這是何等的恬適自然。

現代人由於過分享受科技發達所帶來的閒適，已徹底改變了存在的生活型態，更變異了整個思考的心靈。由於人心的貪饞無厭，由於資源開發的無盡需索，祖先留下的豐富自然遺產，已被破壞殆盡。時序已脫固定的常規，生態已失天然的平衡；垃圾在與山峰競高，污染已成河流的宿命；溫室效應已為世界帶來罕見的災害，現代人除了不斷壓榨自然的各種剩餘價值，更是毫不憐惜的破壞自然、斬伐自然。人與自然之間的關係，由於人的愚蠢短視，已經惡化到使自然起而無情的反撲，這可從連年不斷的不是水災就是旱災，再不就是蟲害得到明證。我們群居到都市的詩人視野早已被冷冰的水泥森林阻擋，連散步也都是踏在塑膠草坪。他們哪裡還曉得大自然這個美麗的故鄉，以及泥土溪流花鳥蟲魚所提供的自然野趣。我們今天的詩寫得越來越乾澀，越來越缺乏想像力，越來越少有綠色的溫柔，都是因為我們已經失去了自然所提供的無盡美好的意象。失去了自然也就失去了詩，這不但是詩人的不幸，也是所有現代人所應該反省重視的地方。

輯二

浣花溪的天寶年流法

草堂才有杜陵君

仍活在現實主義裡
捻不斷千縷憂
無可奈何
總是瘦
是因此而長成的巨樹嗎？
那參天的一千五百首

這是大陸四川一位名叫高若虹的詩人寫的〈杜甫像前小立〉。很顯然是就近拜訪過成都杜甫草堂，看到那尊巨大的杜甫塑像有感而發的。塑像旁杜甫當年手植的老柟樹仍欣欣向榮，華蓋滿地。拿巨樹的生氣勃勃來象徵杜詩的歷久彌新，正符合節拍。

十七年前我寫過一首詩〈夢訪草堂〉，是看到一則外電報導那時的成都杜甫草堂已空無一物，四壁盡是毛澤東的詩詞。我當時想，連一向憂國憂民的杜甫都掃地出門了，成何體統？不過我也同樣以物是人非的口吻，夢話了幾句。我說：

浣花溪彷彿仍是天寶年的流法
萬里橋上衣冠盡赤
古柟樹硬是活得
如你那些
驚風震雨的詩

那時兩岸尚不往來，我尚無法現場證實，不過肯定杜詩必定會和老柟樹樣同其不朽則是相同的。

去年九月我和一些詩友專程前往成都杜甫草堂，我循著夢訪的足跡走遍草堂各個角落。那些老柟樹確實仍是參天的活著，只是草堂內外均非外電報導的空虛，而且很可能是那些老外記者根本不識中國字，跟著當時的政治大潮掛帥亂寫。其實那杜甫在此住了三年九個月的草堂，早就為秋風所破，無影無蹤了。唐末的詩人韋莊在四川做官時曾經重建過草堂，那已是杜甫死後近百年的事了。以後經十多次的修繕、擴建，並增設林園，到清朝嘉慶十六年再重修完成時，已成為有近百間多樣性的建築群；包括「工部祠」內塑有宋代兩位大詩人黃庭堅、陸游的配祀像。這哪裡算是草堂，已成為一座超大型的杜甫紀念館。

至於說草堂內杜甫的作品，雖說杜甫在寓居草堂時，曾作詩二百四十餘首，但這些詩並未存在於當時的茅草房內，要有也早就散失了。倒是杜甫寫給李白的那首〈不見〉確是在寶應元年在草堂內寫的，證實當時的李杜交往仍密切：

不見李生久，佯狂真可哀！
世人皆欲殺，吾意獨憐才。
敏捷詩千首，飄零酒一杯。
匡山讀書處，頭白好歸來。

草堂各處倒有不少楹聯，卻並無外電所報導的盡是毛某詩詞，連一幅毛寫的楹聯或題字也沒有。倒是當年兩萬五千里長征的一些將軍、元帥題詩不少。但都是一九五五至一九六三年間的作品。草堂上最惹眼的是郭沫若在一九五三年自撰自書的一幅楹聯，筆飛墨舞，靈動有力，內容則更是將杜甫的不朽之處耀目的點出：

世上瘡痍，詩中聖哲。
民間疾苦，筆底波瀾。

這十六字的讚詞，杜甫是當之無愧的。然而撰此美聯的郭沫若，在文革期間對杜甫大張撻伐，擯加批掃的也是此人。所以這位位高名重的詩人學者，有人以文丑之名譏之。但他豈能撼動得了這株中國詩史上的擎天巨樹！

慷慨歌燕市

常常有人問詩到底有什麼用？這個問題如果拿來問一百位詩人，會有一百個不同的答案，問的人愈多，答案愈五花八門。但是如將這些答案予以分析，卻只有兩個字可以歸納：一是利，一是名。這在古代更是顛蹼不破的真理。因為古代求取功名必須吟詩作對，功名求得後就可以做官，做官之後，利必隨之而來。在古代作詩成功，是名利雙收的。

然而假使不幸名利都沒得到，卻惹禍上身，詩又有何用呢？有的。詩又有決定生死的功用。當然仍然得看詩是否感人。就詩可以救人一命來說，最鮮明的例子之一就是曹植的〈七步詩〉：

煮豆燃豆萁，豆在釜中泣。

本是同根生，相煎何太急？

這是三國時曹丕稱帝，妒忌弟弟曹植的賢能，欲除之而後快的故事。曹丕即位後，派大將許褚往臨淄擒弟弟臨淄侯曹植來見。丕曰：「先君在日，汝常以文章誇示於人，我疑為他人代筆，今命汝七步之內詠詩一首。」曹植遵命作詩一首應答。曹丕見為難不了曹植，馬上又改口說，七步成章，我還以為太慢，你能應聲作一詩嗎？曹植要曹丕出題，曹丕乃以「兄弟」為題，但詩中不許有兄弟字樣。曹植不假思索就口占上述四句。曹丕聽後真被感動得潸然淚下，終於將曹植釋放，官復原職。只一首二十個字的五言絕句就能救人一命於須臾，詩的為用大焉。

另外一則以詩救命的例子，是發生在滿清末年。時當國父孫中山先生鼓吹革命，號召有志青年加入革命黨救國。廣東青年汪精衛，時年十六歲，即率先參加，而且以激進不怕死的驍勇著稱。清宣統二年，他獨自一人去暗殺清朝的攝政王載灃，結果未能成功而被捕。按照清廷的律法，暗殺朝廷命官是要殺頭，而且連帶滿門抄斬。但小小年紀的汪精衛不但口才好，而且長於詩文，他在審訊時慷慨激昂，不慌不忙的吟了一首即興詩：

慷慨歌燕市，從容作楚囚。

引刀成一快，不負少年頭。

躲在宣統皇帝後面垂簾聽政的慈禧太后聽了，看這孩子這麼有志氣，又有才華，不免憐憫起來，下令免他一死，囚禁獄中看管，當然連滿門抄斬也免了。滿清被推翻後，他被釋出獄，從此官運亨通。這都是那一首絕句詩的功勞。可惜他最後晚節不保，在日軍佔領南京時，組織偽政府，與日軍聯手對抗國民政府，成為千古罵名的大漢奸，真是辜負了那首救他一命的詩。

老去方知不朽難

在生命的盡頭
身體總是一個未了的懸案
……
這個永恆的謎底
不如高高地懸起來
讓人類永遠去想

以上這幾行詩句摘自一首題名〈懸棺〉的詩，是由一位現居英國的詩人璇子所寫，發表在《笠》詩刊第二〇九期。拿題目來對照這幾句詩，覺得詩人處理得非常恰切，聯想也很巧妙。用懸棺這種罕見的方式來處理人的身後事，至今確實仍是個謎。看過懸棺這個景致的人，也一直納悶為什麼，或用什麼方法，把死人這麼高高的懸空起來？但據說連研究歷史或考古的人也無定論。

懸棺是古代巴人的一種喪葬方式。巴人是我國西南地區的少數民族。巴族首領曾參加過周武王的孟津會盟，受封巴侯，所以據說懸棺葬可能有二千五、六百年以上的歷史。懸棺一般是在遠離地面數十米的高處，在懸崖絕壁的縫隙間鑿孔插入木樁，棺材就平放在木樁上。在福建武夷山的九曲溪水面上，抬頭便可看到懸棺。在四川嘉陵江上游的蘆溪河沿岸絕壁上，也有很多懸棺在永久展覽。蘆溪河岸的懸棺，據說有兩具曾在江西南昌陳列，棺中的骨骸、頭髮仍然完好。

世人有好多種處理人死後所剩臭皮囊的方式，土葬、火葬、水葬、天葬，不一而足。各有各的好處，各有各的弊病。其實人死了就死了，誰還管它被蟲吃，被鷹啄，被化灰，化塵，化成一縷輕煙？據說屈原當年投水汨羅江後，屍體被魚蝦爭食，而人頭又最美味，結果撈起來時成了一具無頭屍。他的女兒特別用金鑄了一個頭配在屈原的屍體上，然後土葬埋入地下。抗戰時，日本人覬覦這個中國偉大詩人的金頭腦，曾經想去盜墓。當地居民為了保護屈原的頭顱，共仿造九個同型的墓地，讓日本人大費周章，結果無功而返。

這本是個傳說，當不了真的，日本人就因此上了當，成了今日汨羅江畔的話柄。

不過懸棺葬的好處似乎較多，蟲吃，鷹含，化灰，化塵，化成輕煙都可免。懸空在絕壁上，空氣流通，還有日照，較易防腐，想盜墓也難。最大的好處是仍然高高在上，誰見了，不論是出於好奇，出於瞻仰，都得抬頭看上一看，議論一番，絕對不輸於在世時的風光。因此北京名詩人邵燕祥在遊過蘆溪河，仰首看過絕壁上的懸棺以後，不免對照人間的現實，寫了一首詠懸棺的七言詩：

生時天下怒難安，老去方知不朽難。
欲使萬人長仰望，君身何不入懸棺。

想要永遠不被人遺忘的人，懸棺葬倒不失為一絕佳的方法。

一上星韜始展顏

一九九七年秋天，我到韓國去參加第十七屆世界詩人大會。我認識的韓國朋友有兩位，一位是在臺灣得到中國文學博士的詩人許世旭，另一位即是在韓國梨花女子大學教書的女詩人金良植。金良植是一九七三年來臺參加第二屆世界詩人大會和我們認識的。隨後她的中譯詩作即陸續在臺灣發表，後並成為創世紀詩社的同仁。我到韓國之後，在開會之餘便輪流接受這兩位韓國詩人的招待及陪同參訪。到金良植家去拜訪的時候，最令我感到印象深刻的是她家的中國文化氛圍非常濃厚，她從地下的庫藏裡搬出了她家的傳家之寶給我欣賞，那是她的祖先樊巖蔡濟恭先生寫的詩文數十卷。那些命名《樊巖集》的書均係古本木刻版，和我國的古書毫無二致，一見就如見到自己的經書一樣親切。金女士把這些從來不願輕易示人的善本古書給我這個外國人看，事實上她的意思是中國人和韓國人本是一家人。只是早年有一部分中國人到了海隅的半島上，慢慢形成自己的獨特文化，而後便成了韓國人了，但是基本上是同一血脈源流的。這也就是為什麼金良植女士對我們特別親切的原因。

然而最讓我受寵若驚的是在臨別時，金女士特別把《樊巖集》中之第十三、十四兩卷中韓兩種文字對照的精緻複印本見贈，並親筆以中文書寫「樊巖六代孫媳初黃金良植呈」，我接受後簡直如獲至寶。這兩卷均係樊巖先生寫的中國古詩，命名為《含忍錄》。係樊巖先生出任相國時啣命出使天朝（按即大清帝國），於戊戌年三月十七日自朝鮮京城往返北京皇城，一路的所感所觸所見所聞，均以五言或七言或新古體詩記載。讀起來和讀我國古典詩一樣的具古樸香味。

這本古典的《含忍錄》共收作品二百三十六首。每首詩都道出了樊巖先生公忠體國的精神，及對中國舊邦母土的依戀孺慕之情，非常啟發感人。茲錄兩首供人對這位韓國先賢及金良植女史先祖的懷念和敬仰：

書懷

箕邦生長鬢成斑，一上星軺始展顏。
身脫西南老少局，名超史禮戶兵班。
莫言關路令人老，方是吾生到此閒。
惟有戀君方寸赤，協陽門內夢頻還。
（註：一、周武王封箕子於朝鮮，故韓國人自稱箕邦。二、星軺係使臣所乘的車輛。三、協陽門為韓國古城門。）

發皇城

三旬縶使館，鬱若籠盛鳥。今朝始解脫，黃鵠橫雲表。
笑出朝陽門，青天方未了。芳林藹脩郊，清蟬響樹杪。
卻此曠我懷，蜿卻城塵擾。皇城只繁庶，泉濁黏如鰾。
清涼我東國，勿謂疆域小。不愁火雲覆，但恨道路杳。
（註：此為甲辰六月十六日離京返國時所寫。概述在使館三旬之偪促，及任務完成待返國之輕鬆。）

女詩人金良植秉持先人文曲血統，也寫了五本詩集，二本隨筆集，兩冊英韓對照詩集和一本中譯詩集《初黃・金良植詩選》。她的早期一首親情詩〈哥哥如果在世〉，曾造成臺灣和東南亞華文詩壇爭相傳誦。一九七五年十一月《中華文藝》月刊曾由名詩人菩提專文評述。金良植也像她的先人一樣深愛她自己的國家，慣以生活鄉土親情來表現她和祖國的一體血脈。我曾從她英韓對照本《他們絕不孤獨》一書翻譯了她的〈祖國〉一詩，可以看出她為詩的功力及對詩的忠誠，不亞於她先祖樊巖先生：

祖國

你是辛辣的香料
增添風味給我的靈魂
給我的野韮菜
你也是紅辣椒
散放在一張草蓆上

你是黃豆
漬了鹽
一代一代存放著
在一隻陶罐裡

呵！我的祖國
你便是土地
我的骨骼將和你的泥土
融為一體

詩人不一定識字

最近讀詩，讀到湖南一位不太有名的詩人鄭卜豪寫的〈詩人〉，這首詩令我開了眼界，讓我了解真正詩人的樣子。以「詩人」為題的作品，每位寫詩的人或多或少都寫過。早年被視為象徵派大師的李金髮寫過一首〈詩人〉，詩分三段，每段都把詩人抬舉得「不是人」，而是「神」、而是「怪」，會通靈。詩的第一段最後四行寫道：

道旁之死獸
為其不可滅之靈作飲料
蠟蜴的哀吟，引起
其嘆「他年葬伊知是誰！」

而第三段的前四句把詩人寫得更無比的偉大：

他的視聽常觀察萬物之喜怒
為自己之歡娛與失望之長嘆
執其如椽之筆
寫陰靈之小照
和星斗之運用

這種超人式的詩人如真出現，除了獲得自我狂妄之譏以外，我不知道對詩人這個崇高的頭銜有何增補。而湖南詩人鄭卜豪描繪的詩人卻是謙卑的，平民的，幾乎分不出詩人究與常人有何不同。他眼中的詩人是：

不一定都寫詩
甚至也不一定識字
不用廉價的筆墨
而是用生命的全部
名字不一定用在紙上

卻都刻在心的豐碑
他們可能就是你我的鄰居
而我們卻未必認識

這兩種詩人，一種高傲得自我膨脹，一種謙和得有如隔壁鄰居，兩者懸殊的對比，使我想起一則蘇東坡讓道的故事。正可說明詩人高傲的不可取。

話說大學士蘇東坡有一天心血來潮，出外郊遊。其時正值農忙季節，很多農夫在放乾塘水，挑塘裡的泥巴肥田。他信步走到一條小田埂上，不想迎面來了一位挑著兩筐塘泥的農婦。忙得一身汗水的農婦，哪管對面來的是什麼人，便一股勁只往前衝，不肯讓路，而且窄小的田埂也無路可讓，兩人便面對面的僵持下來。這時蘇東坡便仗著自己是大學士，大言不慚的說：「萬般該下品，唯有讀書高。我是大學士，你該讓我先過去。」只見那婦人一笑說道：「你既是大學士，書一定讀得不少。我出一個對子，你如果對上了，我就讓路給你過去。」蘇東坡驕傲的說：「我胸藏斗牛，豈會怕妳的對子。說吧！」蘇東坡料定一個「甚至也不一定識字」的農婦，是不會說出什麼高深的對子的。誰知農婦馬上脫口而出：

一擔重泥擋子路

蘇東坡一聽大吃一驚，半響無言以對。因為看上去只是一句生活化的對子，其中卻已把孔老夫子的大名仲尼（重泥），和他的大弟子子路都嵌了進去。蘇東坡不得不稍作思索，小心應對。這時兩旁來往挑泥巴的人都看出了蘇學士的窘態，哈哈大笑起來，看偉大的蘇東坡出洋相。

還好蘇東坡真不愧為大學士。他見此情景，幡然省悟，必須就地取材，回敬她一句下聯。便說：

兩行伕子笑顏回

「伕子」即是俗稱的挑伕，也即是「夫子」的諧音。顏回也是孔門弟子，對得與上聯天衣無縫，無懈可擊，尷尬的場面馬上解除。不過蘇東坡這時心裡卻有了省悟。他想平時太把鄉野之人不看在眼下，原來他們的學問並不是都寫在臉上，也不寫在紙上，他們的生活就是他們的詩。我大學士又有何高傲的地方？於是馬上脫下鞋襪，走下水田，拱手讓農婦過去。

豪華落盡見真淳

詩
愈寫愈短
是詩人的才幹

詩
愈寫愈長
是讀者的災難

這是一位名叫徐竹影的詩人寫的一首短詩，題目就叫做〈詩〉。這首作品雖只有六行，對寫詩的人而言，就像一記警鐘，要詩人不要把詩寫得太長，太長的詩讀起來會是災難。

為什麼會是災難，而不是才幹的表現，詩中並沒有點明，但寫詩的人應該是心知肚明的。這樣的詩叫做「論詩詩」，是以詩的表現方法來評論詩作。雖然短小，卻很精闢，有些道理並沒有講出來，就靠詩的張力，從言外之意去體會。

「論詩詩」本為古詩中的一類。唐代杜甫的〈戲為六絕句〉及〈遣悶絕句〉都是評古道今，有名的論詩的詩。後來晚唐的李商隱有〈漫成詩〉，也效法杜甫以詩論詩，其第一首即論李杜：

李杜操持事略齊，三才萬象共端倪。
集仙殿與金鑾殿，可是蒼蠅惑曙雞。

此詩雖把李杜合捧了一下，卻也對李杜同時代的詩人予以諷刺。集仙殿和金鑾殿都是杜甫和李白發跡之處，但他們卻不留戀那些地方，只以詩鳴。但那些不如李杜者，反得以文學侍從之態，吟詠其間，故有蒼蠅與曙雞之比。這首詩不但論了詩，也貶了人。

宋代論詩的詩並無太多發揮，但楊萬里有一組〈和段季承左藏惠四絕句〉，其中有兩首不但臧否人物，連整個當時詩界也指謫了一番：

個個詩家各築壇，一家橫割一江山。

只知輕薄唐將晚，更解鬱翻晉以還。

道是詩壇萬丈高，端能辨卻一生勞。

阿誰不識珠將玉，若個關渠風更騷。

這種只知輕蔑古人，自抬身價，卻又連珠玉都辨識不了的風氣，不也正是當下詩人們應有的警惕麼？

金末的元遺山寫〈論詩絕句三十首〉和清代王漁洋〈戲仿元遺山論詩絕句三十首〉，先後呼應的論詩詩，對前代詩人的評價有極高明的見解。元遺山〈論詩絕句三十首〉之一寫道：

一語天然萬古新，豪華落盡見真淳。

南窗白日羲皇上，未害淵明是晉人。

這是元遺山對六朝最偉大的詩人陶潛詩的賞評。認為陶詩造句平淡，自然天成，具真淳樸實的美德，可作萬古長新的流傳。這種標準拿來讚美陶淵明當然非常公允恰當。其實每個寫詩的人，尤其詩壇老手，最後應「豪華落盡見真淳」為是。

不過可以發現的是，古詩中的「論詩詩」都是概念式的褒或貶，好處或弊病並不曾具體指出。前幾年香港的一本《文藝》季刊，出現了一首詩〈致長麵條詩人〉，詩中有這麼幾句：

你的句子長得像一根麵條
在筷子上繞一個圈
一頭噙在嘴裡
一頭拖在地下
你用這種拖泥帶水的食物
來敗壞人的味口

這便是新詩人寫的論詩詩，雖然寫得很粗俗，但是他實話實說，針對時弊趨勢，痛加撻伐。現在的詩，連得大獎的詩都是三、四十個字的長句，已經成了風尚，不如此便發表不出來，更別說得獎，現在是「長麵條詩人」大行其道。

《笠》詩刊的現任主編岩上，有一首詩〈一夜不眠〉表現了他對世紀末年輕詩人作品的看法。他是這樣發揮的：

夜來無事
捧讀
世紀末年輕人的詩集
章句的迷亂和黑夜
一樣深沉
我得找一把後現代的梯子
掀開經驗層疊的屋瓦
才能爬出今夜的
文字迷宮

天上的星星
雖然離人間遙遠
卻燦爛可愛
那些詩句艱澀拗口

獨懊惱我
一夜不眠

岩上這首詩，對現代詩的混亂加以批判，是劍及履及的。詩必需含蓄和深沉，但絕對不能寫成為文字迷宮，讓人走進去困難，出來更找不到門。可惜持岩上這種對詩懊惱的人雖然非常多，但卻為那些一味讚美國王新衣的所謂主流詩人或評論家所強勢壓制，甚至被譏諷為冬烘和落伍。因此現在的詩就只能這樣走迷宮的硬走下去。但是不願走的人，不願自尋懊惱的人卻越來越多。這也就是為什麼詩越來越孤立的原因。

春在枝頭已十分

村夜
春夜
我在深深的戀愛中
春天的村子
雪飄著也是春天
葉飄著也是春天

春天來了，看著這萬物復甦的新氣象，不禁想起對這四時更遞最敏感的詩人筆下的春天會是怎麼樣？前面引的是老詩人徐遲早年寫的〈春天的村子〉，但也不是全寫村子，實際上是藉寫景來抒寫自己青春年少的心情。徐遲是三〇年代後期崛起的詩人，與來臺灣的老詩人紀弦是同輩，而且非常要好。其人浪漫成性，七老八十還愛穿花襯衫擁著年輕女孩子跳貼面舞。老來迷上電腦，以電腦寫作，結果在一九九六年十二月十三日凌晨，迷迷糊糊的從電腦的虛擬實境中墜樓而死。死前還對朋友說，正進入十二歲的「青春妙齡」。一般寫春天的詩多半是在當下的事物上取景，譬如李白的〈春思〉：「燕草如碧絲，秦桑低綠枝，當君懷歸日，是妾斷腸時。春風不相識，何事入羅幃？」將春天的鮮活景象，渲染出相思者濃郁的癡心。又如王安石的〈染雲〉：「染雲為柳葉，剪水作梨花，不是春風巧，何緣有歲華？」把春天看成了點化萬物的仙人。而徐遲此詩卻有一些新鮮的意趣。他說「雪」飄著也是春天，「葉」飄著也是春天，意思是只要是心情好，在戀愛中一切都是春天一樣美好，即使在飄雪的冬天，飄葉的秋天。這就正合了王國維在《人間詞話》中那句「以我觀物，故物皆著我之色彩」。詩人的主觀可以做到反常合道的妙處，寫出不同一般的詩。

最近詩人非馬出了一本《非馬全集》。令我吃驚的是在這收錄多達三百六十五首的詩中，寫春天的詩達九首之多，分佈在各個年代。我見過在單一詩中，句句全落在「春天」這一主題上的詩。譬如梁元帝的那首十八句五言體的〈春日〉便是句句用字詩體，通俗得像是雜詩類中的頂真格，雖用了許多心思，但總覺在順勢拼湊，缺乏新意。此詩讀到的機會少，現披露在這裡供人看看深宮中的帝王多麼不知「春」：

春還春節美，春日春風過。春心日日異，春情處處多。處處春芳動，日日春禽變。
春意春已繁，春人春不見。不見懷春人，徒望春光新。春愁春自結，春結誰能申。
欲道春園趣，復憶春時人。春人竟何在，空爽上春期。獨念春花落，還似惜春時。

而現代詩人非馬的九首寫春天的詩，則每首都採不同的角度進入，都有突出的創意，絕無舊解的重複，陳詞的套用。像一九八一年六月所寫組詩〈鳥・四季〉中的〈春〉，便匪夷所思的拋出驚人的意象：

你若想知道
這明媚的日子裡
樹林與樹林間
最短的距離
任何有輕盈翅膀的小鳥
都會嘰嘰喳喳告訴你

不是直線

這首〈春〉看起來比徐遲的〈春天的村子〉更熱鬧，真是鶯飛草長雜花生樹的美景當前，然而詩人並不是用直接描寫法，而是用「樹林與樹林間/最短的距離」這一問題來故設疑陣，讓人吃驚這與春天有什麼關聯，而引人一探究竟。結果竟然是小鳥答出「不是直線」，這答案是非常反常，細思卻是極為合理的。其意是暗示在這春光明媚的日子，樹木都開始枝繁葉茂了，不若冬日的空曠，鳥可以在樹林間直來直往，而現在則須繞道而行，當然不是直線了。詩人寫詩切忌明說直指，俏皮的暗示，不合常理的迂迴，常可讓人覺得新鮮且有趣。

亂世文章不值錢

一碗清湯詩一篇，灶君今日上青天。
玉皇若問人間事，亂世文章不值錢。

這是宋朝賢相呂蒙正的一首名詩。呂蒙正以敢言著稱，連皇帝老子也要聽從他的意見。但是當官一賢明，便只有挨窮的份，於是他便在某一年的臘月，灶王爺上天回報人間諸事的那一天，寫這麼一首詩轉呈給玉皇大帝訴窮。這首詩的最後一句成了以後文人哭窮的樣板文章。

這種哭窮的詩宋朝詩人寫得不少。陸游曾在又老又窮時感嘆：「老去有文無賣處，等閒題遍蜀東西。」原來古代詩人有「興來索筆漫題詩」的風氣，即是詩文賣不了錢，我題在空壁上也算是一種發表。陸游老來在四川各地的名勝古蹟題了不少詩。

宋朝另一大詩人楊萬里也因窮寫過一首怨天不公的詩：

野菊荒苔各鑄錢，金黃銅綠兩爭妍。

天公支與窮詩客，只買清愁不買田。

意思是路邊的野菊和青苔都像黃金和銅錢一樣競比風華，而詩人一生除了賺得滿腹愁腸外，一無所有，天公支付是不公平的。

最近讀臺灣前輩詩人的詩，讀到楊雲萍先生的一首〈賣不出去的詩〉，也感到作為一個詩人的悲哀。這首詩寫於日據時代昭和十六年十二月，約當我們的民國三十年十二月。詩係日文，寫得很淺白，譯成中文是這樣的：

詩成之日

孩子誕生

為了買孩子的衣服

想賣詩

可是，卻賣不出去

孩子會長大的

詩雖賣不出去，也要長大的

這最後一句「詩雖賣不出去，也要長大的」，非常有想頭。可以說是雖然詩賣不出去，孩子還是要長大。也可以說成是詩雖賣不出去，詩也要長大的，總不能就這樣不成器，賣不出錢，一語雙關便有詩意。新詩的好處便是丟開格律韻腳，用家常話直抒胸臆，此詩便是如此的坦白。雲萍先生寫此詩時，正值日本侵華最艱苦的階段，當然也是亂世文章不值錢。

我在民國六十三年的時候，寫過一首〈妻說〉，也是這樣用生活語言，道出了當時我們的窮困：

妻說：豬肉又漲了
從三十四漲到三十八
還帶好大的一塊皮

妻說：老二的鞋子又穿洞了
買一雙吧

要一百好幾哩

妻說：又要繳房租了
我們的薪水袋
恐怕湊不齊

我說：我能說什麼呢
在我的詩裡
一樣也沒有
這些東西

詩裡面確實沒有柴米油鹽，年成不好，詩更換不來這些生活必需品。正如雲萍前輩說的，「詩雖賣不出去，也要長大的」，他的我的孩子都在匱乏中長大了，但詩長大了沒有呢？我懷疑。我們的詩在這承平時代也一樣不值錢。

藏頭隱題．暗傳驚喜

你兜著一裙子的鮮花從樹林中悄悄走來
是準備去赴春天的約會
我則面如敗葉，髮若秋草
唯年輪仍緊繞著你不停的旋轉
一如往昔，安靜地守著歲月的成熟
的確我已感知
愛的果實，無聲而甜美

這是名詩人洛夫在某年情人節寫的一首詩〈給瓊芳〉。這首詩寫好洛夫即給我們欣賞，只覺得他和他太太瓊芳，雖然歲月已催人老，仍愛得這麼浪漫，甚是難得。洛夫看我們只是讚美，沒有別的意見，便說這首詩的真正題目是隱藏在詩中的，要我們把每句詩的第一個字連起來讀，原來題目是〈你是我唯一的愛〉，詩題比詩本身更道出了他對老妻愛的堅貞。

這便是洛夫後來寫出的一系列「隱題詩」。〈給瓊芳〉還擺在他的《隱題詩》集的最前面扉頁。「隱題詩」即古雜詩中的「藏頭格」。有這種變體詩出現，無非是文人寫詩久了思變的一種新嘗試。另外則是用來暗傳信息，讓人驚喜。此在許多古典章回小說中偶有發現。洛夫喜創新，乃復古作現代的藏頭詩。這風氣開了以後，想不到紛起嘗試。我也湊興寫了一首，只不過我的和他稍有不同。李商隱有首詩，詩題非常別致，最像現代詩句，我即利用他這個詩題〈深樹見一顆櫻桃尚在〉寫了兩段藏頭詩，第二段如下：

深呼吸半響之後
樹樹枝葉都毛細管般對你開放
見一見遠來的你也好
一生羞澀如我，閉塞如我
顆顆成熟的果實都離母別娘

櫻罌張在北國
桃獻媚於江南
尚留的這僅有的一顆櫻桃最甜
在隱密處孵大的，敢不敢來品嘗

李商隱的〈深樹見一顆櫻桃尚在〉原詩有「惜堪充鳳食，痛已被鶯含」兩句，充分顯示出以櫻桃自況的李商隱當時的處境，我的詩則模擬他這僅剩的一顆櫻桃的渴望有人賞識的心情。

最近讀詩又讀到另一種形式的藏頭詩。這是有中國漫畫之父之稱的豐子愷先生的作品。豐子愷在大陸文革時，經歷了要命的精神危機以後，主要精神寄託之一便是詩詞。他與他的愛子新枚通信的主要內容，也讀的是詩詞。一九六九年九月七日給新枚的信中就說：「你詩興好，集『一』字起的七十多句。我無暇集，想來可得一百句。我亦集句如下：

新豐老人八十八，
兒童相見不相識，
愛閒能有幾人來，

古來征戰幾人回。
詩家清興在新春，
能以精誠致魂魄，
記撥玉釵燈影畔，
幾人相憶在江樓。
千家山郭畫朝暈，
首陽山上訪夷齊。」

豐子愷先生這首詩的每句首字連起來是「新兒愛古詩能記幾千首」，他是用這種藏頭句來鼓勵他的愛兒的。不過這首詩是用既成的古詩句連成的，詩句與詩句間的關係並不相連，只是為成就每句首字相連成趣而拼在一起。豐子愷先生本是畫家，畫家所愛的詩往往取法是否富畫意，以致整首詩都愛得少，多只中意其中某句。他作的藏頭詩也是這種擷句的方法。好在豐子愷先生在以後給他兒子新枚的信中也曾囑咐：「嵌字之詩句，宜少作。我們是遊戲，被人誤解為『隱語』，何苦？」這在那種文化大革命的年代，是不得不小心的。

七拼八湊打油詩

不入寫詩之門，總以為詩不過是絕句、律詩和新詩、現代詩等門號。其實除此之外，還有很多不入正史的雜詩，如盤中詩、迴文詩、寶塔詩、藏頭詩、打油詩等等。其中前面四種多為在詩的形式上耍些花招，只有打油詩則無論形式內涵和用字遣詞都非常隨便，幾乎俚俗到販夫走卒都可隨口道出。

打油詩的由來，據宋朝一位文士錢易在其《南部新書》所載：「有胡釘餃，張打油皆能為詩」之說。對胡釘餃其人後來知之者甚少，唯張打油卻打出了名號，因他寫了一首「詠雪詩」讓人跌破眼鏡。其詩如下：

江上一儱侗，古井黑窟窿。
黃狗身上白，白狗身上腫。

這首詩嚴格說來不能算是詩，是胡謅。但詠雪而不著一雪字，完全以形象來形容，且句子全屬俚語，具樸素易懂好處。從此這類通俗易懂徒有詩的形式，而不具詩的實質的詩，遂以張打油之名稱作打油詩。

打油詩除了俚俗易懂之外，多含譏諷意味，讀來令人消痰化氣，打通五內。南宋高宗紹興年間，有個叫鄭廣的人在福建沿海一帶叛亂，後來又被朝廷招安，並封了他的官。他的同僚很瞧不起他，便作難他要他寫詩。鄭廣學問不多，只好順口作了一首打油詩：

不問文官與武官，
總一般。
眾官是做了官做賊，
鄭廣是做了賊做官。

這首所謂的詩，當然也難登大雅之堂，但寓意卻比正經八百的詩還更具見地。

據說早年毛澤東平日總是嚴肅得板起一副面孔，很難見到他發笑，一笑準會有事情發生。只有一次，一首打油詩讓他笑得直不起腰來。原來在共和國建立初期，毛澤東想聽聽道地的北京相聲。於是便請來當時有相聲泰斗之稱的侯寶林到中南海去表演一段。

侯寶林插科打諢的相聲一向趣味橫生，常使人笑得忍不住前仰後合。但初聽時，毛澤東仍極力忍住不笑，有時臉都憋紅了還裝作一本正經。但是當侯寶林不疾不徐的唸出下面這首七拼八湊的打油詩：

膽大包天不可欺，張飛喝斷當陽橋。
雖然不是好買賣，一夜夫妻百日恩。

毛澤東忍不住忘情的大笑了，笑得腰直不起，氣喘不過來，還一邊擺手，意思是饒了我吧！再笑，我會笑斷了氣！此詩當然更不像詩，但極具譏諷的社會性。毛澤東的詩學根柢深厚，聽到這樣亂七八糟的詩，他也只有一笑了之。

輯三

高過亞歷山大石柱

誰是人間四月天

一部由公視播出的「人間四月天」，一下子炒熱了本已跌落谷底的國語電視連續劇。大家在被政治比爛、暴力比狠的渾沌中，像突然看到了一片清明的天地，紛紛奔相走告湧入那黃金的八點檔，盡情享受那久已不再的人間四月天。

「人間四月天」演的是三〇年代詩人徐志摩周旋在張幼儀、林徽音和陸小曼這三個女人間的愛情故事。但劇名卻是取自女詩人林徽音的一首詩〈你是我的人間四月天〉。因此不察的人便認為這首詩，甚至演出的這部戲是林徽音有意寫來紀念徐志摩的。不然，什麼名字不好取，卻要選這首詩題來作劇名？據說林徽音的兒子梁從誡曾在劇作家走訪他時，特別撇清這件事，說他父親梁思成曾經告訴他，這首詩是他母親林徽音寫給他們的，並非寫來紀念徐志摩。這樣一申明之後，這部戲的劇名便成了一件公案，我們有興趣探他個究竟。

首先我們先來看，林徽音此詩的全名應為〈你是我的人間四月天——一句愛的讚頌〉，而劇名只是挖自詩名中的「喻體」部分「人間四月天」，並沒有指涉到誰的意思。可能只是因為「人間四月天」這個句子既新鮮又浪漫，非常適合這樣一個詩人的愛情故事。

現在再看詩的指涉到底應該是誰？我們把詩題出處的最後幾句詩取出來看：

你是一樹一樹的花開，
是燕在樑間呢喃，
你是愛，
是暖，
是希望，
你是人間的四月天！

從這幾句詩的字面意義來看，描寫四月天是非常得體的，四月正是暖風吹得遊人醉的春末，花開滿樹，燕語呢喃，真正是充滿希望的好天氣。但是這樣描寫形容出來的「你」，是可以自由心證的，認為符合誰的看法便會認為是誰。林徽音曾為徐志摩著魔過，說是為徐志摩而寫，應該也說得過去。

但是如果拿寫此詩的時間來考究，則又顯然很牽強。此詩發表於一九三四年元月，離林徽音和徐志摩愛得死去活來的一九二一至一九二四年已是十年之後，此時的林徽音早已是梁家媳婦，且在學術上取得可觀的成就，寫作已只是業餘的偶一為之。

縱算他們之間仍有感情，但隨時間的陶冶，怕早已從戀情沉澱為普通的友情，犯不著再用人間四月天這樣熱情的句子來形容徐志摩了。

再從林徽音所有的作品中去探究。林徽音共寫過六篇小說，八篇散文，一個劇本和六十一首詩。除了小說《窘》裡面因男女主角的性格和年齡都與徐志摩和林徽音酷似，而可算為反映他兩人的戀情脈絡外，在詩作上，可視為林徽音的情詩的要算〈深夜裡聽到樂聲〉，這首詩顯然是和應徐志摩的〈月夜聽琴〉的。另外林徽音也寫過〈別丟掉〉和〈風箏〉這兩首詩送給徐志摩，但鼓勵的用意大過於愛的宣示。倒是徐志摩飛機失事後，林徽音把夫婿梁思成從失事現場帶回來的飛機殘骸碎片，一直擺在自己的臥室，直到一九五五年香消玉殞都從未拿走過，這才是實在的愛的堅貞表現。

然則〈你是我的人間四月天〉裡的「你」到底是指誰呢?就真如梁從誡所言是他母

親寫給他們的，當然做子女的有理由可以這樣認定，母親當然把子女當成是愛，是暖，是希望。

澳門大學教授區仲桃先生曾在《論林徽音》一書中，把〈你是我的人間四月天〉一詩歸之為與林徽音的理想及信仰有關的一類。認為林用了很多不同的意象來表現出她的信心和希望。

其他的類別尚有緬懷過去的、生命和人生的、慨嘆理想和現實不配合的、有關戀愛的以及無主題的純詩。區氏認為〈你是我的人間四月天〉與林徽音所抱持的理想與信仰有關，這兩者都應與親情子女有所寄託的，也許就是梁家父子說這首詩是寫給他們的最大原因吧！以「一句愛的讚頌」頌給子女也是合情合理。

觀徐志摩〈月下待杜鵑不來〉

看一回凝靜的橋影，
數一數螺細的波紋，
我倚暖了石闌的青苔，
青苔涼透了我的心坎。

月兒，你休學新娘羞，
把錦被掩蓋你光豔首，
你昨宵也在此勾留，
可聽她允許今夜來否？

聽遠村寺塔的鐘聲，
像夢裡的輕濤吐復收，
省心海念潮的漲歌，
依稀漂泊踉蹌的孤舟！

水粼粼，夜冥冥，思悠悠，
何處是我戀的多情友？
風颼颼，柳飄飄，榆錢斗斗，
令人長憶傷春的歌喉。

徐志摩的這首〈月下待杜鵑不來〉是一九二三年三月所寫，是他從英國回來後所發表的第二首詩。此時已是他返國後的第五個月。在這段期間他的生活有很多變化。在返國前他已和髮妻張幼儀結束了婚姻關係，一心想回國後和已比他先返國的林徽音重修舊好。但林徽音此時已被她父親林長民阻止和徐往來，並有意將林徽音許與他的好友梁啟超之子梁思成，而林徽音自己也不願落入破壞徐志摩和張幼儀婚姻的口實，因而即使同在國內亦不願過從甚密。故而此詩有徐約林見面，林失約，徐遭受失戀重擊，遂吟成此詩之說。

這首詩顯然係以「小腳放大」式的新格律寫成，但浪漫氣息仍甚濃厚，詩題〈月下待杜鵑不來〉古典味仍濃。此處的杜鵑只是一個爽約者的象徵，作者以寄意的方式讓橋影、波紋、青苔、月光、鐘聲等的動向來說明他思戀的心緒，藝術手法所造成的感喟氛圍濃厚，一反他其他散淡瀟灑的詩。

這種四行四段，整整齊齊，詞句壓縮得不太順暢的新格律，是他與另一詩人聞一多的共識下而產生。他們認為當時剛脫離舊詩詞窠臼的新詩，自由到不具詩的樣子，乃將創造新格律作為詩美改造的唯一手段，讓詩朝既有的秩序化音樂性方向扭轉。當時曾受到梁實秋等同輩的激賞，認為這種仍有格律規範的詩不「跑野馬」，也仍有古典韻味。但在現代詩人的評價中，認為過於保守，不夠開放，再加上最後一段的重疊句式，有詞的韻味，更覺得徐志摩仍脫不了老八股。這時徐是一個剛從英國鍍金回來的新詩人，對英國浪漫詩派的詩風有認識也很崇拜。這樣「小腳放大」的寫，也只是他一個實驗的過程而已。

從徐志摩的憂愁詩談起

憂愁他整天拉著我的心
像一個琴師操練他的琴
悲哀像是海礁間的飛濤
看他那洶湧，聽他那呼號

這是徐志摩在一九二五年發表的一首四行詩，一片浪漫自虐的情緒。據作者寫這首詩的自剖：「這一時期過的日子，簡直是一團漆黑。每晚更深時，獨自抱著腦殼伏在書桌上受罪，彷彿整個時代的沉悶蓋在我的頭頂。」一九二五年是個什麼樣的時代？這一年正是「新月社」創社後的第三年。那時的徐志摩意興風發，雲遊八方，忙於社交，廣結三教九流，同時有感於蘇聯文學勢力進入中國，南方的左派勢力坐大，計畫辦雜誌，開書店，組俱樂部以對抗。這時的他真是滿腔熱血，憂國憂民，唯恐墮落，沉淪，庸俗。因此他的憂愁和悲哀怪不得有如詩中所言琴弦拉心，飛濤擊石了。

最近由於「人間四月天」電視劇炒熱，把個徐志摩炒成一個大情聖，極受到世間男女的崇拜。其實這是天大的誤解，徐志摩這個人沒有那麼簡單就可概括。正如他的續弦夫人陸小曼在一篇〈遺文編就答君心〉中所言：「他不滿現實，他也是一個愛國青年。」從他寫這首詩的自剖中就可證實此說之不虛。

不過就詩論詩，這首詩如果沒有後面的自剖，是很難認定他的憂愁和悲哀是緣於時代的沉悶的。不要說是「人間四月天」演出的現代，即是在那時的當代，不少人都只把他的詩當成一陣傷春悲秋的感傷情緒發洩。原因是這種表達浪漫情懷的詩，往往取象單刀直入，乾脆真率，好處是人人都看得懂，雖然不明其真意，卻也得到共鳴。但就現代主義洗禮後的現時代詩人言，像這種只有兩個簡單比喻的詩是不過癮的。既不如古詩中寫憂愁的「悽悽慘慘戚戚」，或者如寫悲哀時的「座中泣下誰最多，江州司馬青衫濕」的有人有事。

新詩的四行詩有如古詩中的絕句。只是句長比較通融，沒有那麼絕對。絕句必須以最少的文字說出多多的意思，此所以古人有「五七言絕句字少而難功」之說。臺灣新詩最早寫四行詩成功的是楊喚的〈詩的噴泉〉，可算為四行詩的典範。〈詩的噴泉〉組詩寫的即是時代的憂愁和悲憤，每首都意象新創貼切，讀來節奏鮮明有力。寫的雖然是時代的悲情，卻不卑不亢，使人振奮。在當年我輩同年齡層的人讀來，總會覺得那就是我們的心聲。下面欣賞〈詩的噴泉〉的第十首〈淚〉，便知這詩的噴泉是源自何處：

催眠曲在搖籃邊把過多的朦朧注入脈管
直到今天醒來，才知道我是被大海給遺棄了的貝殼
親過泥土的手捧不出綴以珠飾的雅歌
這詩的噴泉呀，是源自痛苦的尼羅

兩家悲悼徐志摩的詩

獅子蜷伏在我的背後
軟綿綿地他總不肯走
我正要推他下去
忽然想起了死去的朋友

一隻手拍著打呼的貓
兩滴淚濕了衣袖
「獅子，你好好的睡吧。
你也失掉了一個好朋友！」

這首八行詩題目叫做〈獅子〉，有一副標題「悼志摩」，是胡適之先生寫的。徐志摩於民國二十年十一月十九日，在離山東濟南二十五公里的白馬山墜機後，胡適因事沒有隨同沈從文、梁實秋、聞一多、梁思成一道奔往現場，見老友最後一面，卻在半個月後寫成了這首詩，哀悼徐志摩。胡適雖然是新詩的開創者，但他的詩有的完全是大白話，有的還摔不掉古典的尾巴，只有這首〈獅子〉還像個新詩的模樣，而且還有點「新月」的新格律。

詩中的「獅子」其實是胡適家裡養的一隻貓，徐志摩借住他家時最喜愛的寵物，以「獅子」呼之。現在徐志摩死了，胡適睹物思人乃寫下這首詩，這是這首詩正面表達的意思。另一層涵義是象徵徐志摩和他這幫人的。二〇年代末，三〇年代初，胡適、徐志摩組新月社，在文學藝術界聲威顯赫，各方景從，他們在那段時間，也不覺的自認是一頭獅，有著不可一世的豪情，乃不免以百獸之王自況。現在徐志摩遽然死去，胡適不免有惺惺相惜之感。

徐志摩死後，新月詩人中饒孟侃也寫了一首悼詩，題目叫〈飛〉。以「飛」來作弔念徐志摩的詩題也是很貼切的。徐志摩於十一月十九日那天搭不要錢的郵件運輸便機從上海飛北京，主要是趕當天晚上林徽音在北京協和小禮堂為外國使節講中國建築藝術。前一晚徐和好友楊杏佛、韓湘眉夫婦一家圍爐喝茶。徐志摩說他會看手相，自己掌上的「生命線」特別長。韓湘眉開玩笑的說：「Suppose something happens tomorrow, 志摩?」意思是「要是明天出了事怎麼辦?」徐志摩說：「你怕我死麼?I always want to fly.」（我總是要飛的）這 fly（飛）一字一語成讖，果然就一飛升天了。饒孟侃把握住了悼詩的發揮重點，詩的最後一句「不，人間原不是你的歸宿」，彷彿就是回應徐志摩那句「我總是要飛的」最後遺言。〈飛〉發表於民國二十一年七月三十日出版的《詩刊》第四期，已是徐志摩死後的第八個月，可見當時的《詩刊》對徐志摩的死也是用平常心看待。〈飛〉是這樣寫的：

飛，是西方的歌鳥叫百靈
先教你飛，教你撒開翅膀
去試風雲的變幻和炎涼
不同的滋味；還有個夜鶯
它教你且飛且囀著歌聲；

把生的迷戀和死的彷徨
都一古腦兒收在舌尖上，
教你耍著花樣和翻著新。
沒想到，這回你真的一飛
便飛出了塵寰；喝一聲起
腳底下便有千層的雲霧
把你擁上霄漢，從今是非
纏繞的人間再留不住你；
不，人間原不是你的歸宿。

聽不見浪花聲的魚化石

你絕對的靜止
對外界毫無反應
看不見天和水
聽不見浪花的聲音

凝視看一片化石
傻瓜也得到教訓
離開了運動
就沒有生命

活著就要鬥爭
在鬥爭中前進
即使死亡
能量也要發揮乾淨

這是大陸已故詩壇泰斗艾青的名詩〈魚化石〉。全詩共七段，我只錄了後面的三段，因為前四段只是描寫魚在未被活埋前的活蹦亂跳，和被埋沒後的失去自由。而且其中第三段和第四段有前後矛盾之處。譬如第三段寫「在岩層裡發現你／依然栩栩如生」，但第四段卻說「但你是沉默的／連嘆息也沒有／鱗和鰭都完整／卻不能動彈」。既然連嘆息也沒有，又不能動彈，這叫「栩栩如生」嗎？這是不合常理的。據說艾青此詩是在經過二十年的新疆勞改生涯後，藉詩痛訴他被迫害的命運。問題是「離開了運動／就沒有了生命」和「活著就要鬥爭／在鬥爭中前進／即使死亡／能量也要發揮乾淨」，這種直通通的革命道白一一寫進詩中，一反艾老過去堅持以意象來表現詩的初衷，就已經把詩的藝術本質沖淡了。何況魚被沉埋地底是無力可以阻擋的天災，而被流放沙漠是自我玩火的人禍，哪能相提並論。

前輩詩人以〈魚化石〉為題寫詩，也是視為名詩的，要數一九三六年六月四日，現已過世的卞之琳寫的這首〈魚化石〉，副題是「一條魚或一個女子說」：

我要有你的懷抱的形狀，
我往往溶化于水的線條。
你真像鏡子一樣的愛我呢。
你我都遠了乃有了魚化石。

卞之琳這首小詩就像她的另一名詩〈距離的組織〉一樣，喜將時空情景濃縮成一體，中間互不相連，每句詩都各說各話，造成讀的人緊張。總算卞老有心，詩後總附些小註。〈距離的組織〉一詩有七條註釋，總字數數倍於詩本身。註的內容都非一般人可知的國際電訊和古典的軼事。看完註釋，才知一首詩飽含如許學問，但卻隔絕了一般人的識詩通路。〈魚化石〉後面也有四條註釋。第一註說首行詩係引自法國超現實主義大師艾呂雅的詩「她有我的手掌的形狀/她有我的眸子的顏色」和司馬遷的「女為悅己者容」的意思。第二註針對第二行詩說是因看到水裡雨花石花紋溶溶，令人想起保爾・瓦雷里的名畫「浴」。第三註則因讀到法國象徵派詩人瑪拉美寫「你那面威尼斯鏡子」而有感。第四註因最後一行詩提到「魚化石」，乃註釋說：「魚成化石的時候，魚並非原來的魚，石也非原來的石了。這也是『生生之謂易』。近一點說，往日之我已非今日之我，我們乃珍惜雪泥上的鴻爪，就是紀念。」這最後一註才真正道出他寫〈魚化石〉的動機，其實也是多餘，詩本身如果不能呈現它自己要表現什麼，而要靠詩後的尾巴來說明，這也就證明「真詩」之難為了。

一九九八年八月，瀋陽的詩人曉凡和我在東歐斯洛伐克相遇，他送我一塊已經斷裂的小塊魚化石，據說已經有一億五千萬年之久，我們相約各寫詩一首。我贈曉凡的詩發表於一九九八年九月廿八日的《西子灣副刊》，我的題目是〈化石魚〉，我是回到魚的本位來作感嘆。第二段是這樣寫的：

唉！唉！作為一條以水為家的魚
偏偏一生都巧逢乾旱
那怕天崩的傷痛億千萬年
那怕地裂的重創重得屈身擔當
那怕高壓脫水只剩一層魚的模樣

為何?!就不給他一汪海洋

詩無一定的標準身形，但求各盡所能的美滿均衡呈現。我不知道我這樣寫是否更能詮釋任何被不幸沉埋的心聲。即使渺小如一條魚。

把詩寫在大海上

把詩寫在大海上
陸地，在極目之處
隱隱召喚

航程
總是比日影還長
那扣舷而歌的日子
浪波般，越遠越沉重

這短短的七行詩，是《笠》詩刊的詩人滌雲寫的〈水手〉，詩淺意深，把個航海人的心情概括盡淨。臺灣是個與海為鄰的地方，應該有許多這樣「把詩寫在海上」的詩人。但是詩雖多，要找出真正寫得經讀的海洋詩很難。一九九九年剛退休的海軍詩人汪啟疆寫了一本詩集《人魚海岸》，獲得了中山文藝獎。我讀了之後認為真乃「在浪尖上寫就的詩」，他沒有辜負與海相知相惜半生的因緣。詩人蘇紹連稱這些詩像海洋上「波的羅列」（林亨泰詩句），讓人省悟到臺灣確實是一個被海擁抱的島嶼。

為了發掘好的臺灣海洋詩，我讀遍古早的存書和詩刊，終於讓我發現幾首詩被摒棄在各種選集之外，難以發現，這才使我重新記起編輯詩選的重要性。即以瘂弦為例，他有一首〈水手哲學〉，就連他自己的選集中，也沒收容進去，而讓其塵封在四十三年前的二十六期《南北笛》詩刊上。〈水手哲學〉是這樣寫的：

在灰色的鋼纜那邊
船長在讀著叔本華
（人生是桅杆上的旗子
沒有風就會枯萎）

我們的風是一些妞兒們
一些春天的時刻
吻的時刻
紫羅蘭的時刻

不是主機發動
不是操舵值更
不是甲板上的擦洗
不是繞著地球包著水的地方打圈圈
——而這一些都是繫旗的桅杆

風是風
桅杆是桅杆

比如說後艙的水果吃完了
就去靠碼頭

這首詩是瘂弦在一九四七年夏天，當他還是一個海軍下級軍官，出任務到菲律賓在馬尼拉灣寫的。瘂弦的詩一向就有趣味性和淡淡的自我解嘲。此詩妙就妙在哲學家叔本華那句哲理名言「人生是桅杆上的旗子，沒有風就會枯萎」的借用。然後就說出水手的「風」不同的地方，接著就分別出水手的任務有異於其他工作人員，最後他總結的說「風是風／桅杆是桅杆」，事情就像「後艙的水果（補給）吃完了／就去靠碼頭」補充一樣的簡單。這首詩把生活在海上的水手的人生哲學、處世態度、生活方式都描繪了進去，非常特出。

說到臺灣的海洋詩就不能忘記已故前輩詩人覃子豪先生寫的《海洋詩抄》，這是他在一九五〇年八月以前生活在花蓮以及更早他留學日本時的海洋印象。這詩集中的〈追求〉一詩，器宇軒昂，氣象萬千，已成了他的代表作：

大海中的落日
悲壯得像英雄的感嘆

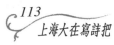

一顆星追過去
向遙遠的天邊
黑夜的海風
刮起了黃沙
在蒼茫的夜裡
跨上了時間的快馬

這首詩藉海上落日的絢麗恢宏等同英雄落寞時的悲壯感嘆，不但取喻得氣魄豪放，且將精神境界提昇到一非凡的高度。詩壇大老鍾鼎文先生說，他初識此詩時十分震驚，認為這是一首傑作，如果《唐詩三百首》中最好的一首是陳子昂的〈登幽州臺歌〉，〈追求〉不亞於它，因為陳子昂是獨愴然而淚下，而覃子豪則跨上了時間的快馬，更積極進取些。我認為這都是遼闊無邊的大海給了他的靈感，他才有如此寬廣的胸襟。此詩已鐫刻在他墓地銅像的下方，作為一個偉大的詩人不朽的標記。

詩人眼中兵馬俑

走了兩千一百八十五年
看到了太陽
有人在耳語
傳來那個人的腳步聲

西安發現的先秦兵馬俑來臺灣展覽了。這真是這島上的一件盛事。等於看到兩千多年前的活歷史。前面這四句詩是大陸剛過世的詩人孔孚寫的〈兵馬俑一號坑即景〉，他於一九八六年二月親臨西安兵馬俑現場。孔孚寫詩以乾淨俐落，絕不囉嗦，直指要害見長。所以他的詩傳達的信息極短促，但引爆力極強，像此詩的前兩句即把當年車轔轔、馬蕭蕭，弓上弦、刀出鞘的秦代戰陣浩大場景，悄悄帶上了路，於是這一走就開步了兩千一百八十五年才見天日，而且還得時時提防耳語和追蹤前來的腳步聲，如此浮現出來的喻意即是，從黑暗統治到重見光明的路多麼漫長多艱，詩雖寫秦俑，卻可泛指普遍現象，像他自己從一九五七年即被打為右派，文革中受盡折磨，直到二十二年後的一九七九年才放出來從事詩創作，這條受難路不能說不長，也怪不得孔孚看到秦俑會有此命途多舛的感受了。

孔孚的詩寫兵馬俑是用重點切入法，抓住人性體驗中具啟示性的一點給人以震撼。我在二〇〇〇年七月也曾親赴西安兵馬俑現場，那場景確實令人驚心動魄，我好奇的是秦王朝為什麼死也要擺出這麼一幅窮兵黷武的模樣，讓後世的歷史震驚。於是回來後我寫一組詩叫〈說與秦俑〉，道出我對秦俑出土的感慨。詩分四段，前兩段是這樣寫的：

1

你們先秦來的人
為什麼都是這個熊相
灰頭土臉的

一個個都像
剛剛做完
焚書坑儒

該不是
派來臥底的吧
潛伏了那麼久
才被鋤頭發現

2

有一個單腳跪在那裡
作射擊狀
箭卻在千多年前
就早已化為

飛霜
該站起來了
沒有了敵人
也沒收了兵器
還放的什麼
空槍

我一向主張息武止戈，我認為凡事以兵戎相見，除了毀滅，對誰都沒有一點好處。因此我對秦王朝的暴政，仍餘悸猶存。我寫此詩的目的在借古鑑今，這種歷史上擺武的場面，不要在現代重演。

名詩人洛夫在兩岸開放交流後，最早到西安遊覽，曾寫〈西安四說〉組詩記遊。其中〈秦俑說〉一段是這樣寫的：

其實也沒有什麼好說
除了塵埃

過了兩千一百八十五年
滿身的灰塵
猶未落定
出土後，這些歷史中的痂
蝨子一樣
在陽光下若隱若現
凡在時間裡埋得很深很深的
都是疑案

真的沒有什麼好說的
除了斷頭
殘臂

洛夫的感慨是全面的。他看到那麼多灰頭土臉、身首異處的陶俑，不由得感悟所謂

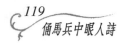

歷史其實是久年污積的塵埃，所有的真相日久也被埋沒成疑案，實在是沒有什麼話好說的了，時間便是這麼殘酷無情，想說也不知從何說起，說也說不清，無論是代表好戰的秦王朝陶俑，還是我們懦弱的現代人。

談紀弦的〈狼之獨步〉

紀弦本名路逾，祖籍陝西，一九一三年生於河北清苑，上海為其第二故鄉。蘇州美專畢業。二十歲時即以路易士筆名開始寫詩，作品散見全國各地報刊。早年曾於蘇州、上海等地先後創辦《火山詩刊》、《今代文藝》、《新詩月刊》、《菜花詩刊》、《詩誌》、《詩領土》、《異端詩刊》。來臺後創辦《詩誌》、《現代詩》，並創立「現代派」。著有詩集《易士詩集》、《行過之生命》、《愛雲的奇人》、《煩哀的日子》、《不朽的肖像》、《出發》、《夏天》、《三十前集》、《摘星的少年》、《飲者詩鈔》、《檳榔樹甲乙丙丁戊》、《紀弦自選集》、《晚景》、《半島詩集》、《第十詩集》、《紀弦詩拔萃》。詩論集有《紀弦詩論》、《新詩論集》、《紀弦論現代詩》三種。一九七六年自教職退休，離臺赴美依親，現居美加州三藩市。

紀弦在三〇年代就是揚名詩壇的詩人，來臺後更為現代詩傳下薪火。一九五六年所組成的「現代派」，發動新詩的再革命，更加速推進現代詩向西方文學思潮採取借鏡的運動，影響至為深遠。然就紀弦先生本身的創作言，他的詩並不如他所主張的主知、純粹，或取法乎任何西方的新興詩風，他的創作氣質反而是極為浪漫、昂揚，充滿諧趣與傳統言志式的抒情。

〈狼之獨步〉是紀弦先生諸多名作中之一首。曾經收入國內外的各種詩選中，詩評家亦曾多次作過分析和討論。筆者重讀此詩，除了再次領受這首詩帶給我豪氣干雲的震撼感之外，發現這首詩之所以如此表現強烈，實與其當時特殊的時間背景有關，更與他當時的心境互為表裡。現將詩錄下，再談我的看法：

我乃曠野裡獨來獨往的一匹狼。
不是先知，沒有半個字的嘆息。
而恆以數聲悽厲已極之長嗥
搖撼彼空無一物之天地，
使天地戰慄如同發了瘧疾；
並刮起涼風颯颯的，颯颯颯颯的……

這就是一種過癮。

狼乃一種非常合群的動物，且有明顯的尊卑階級之分。詩中的我把自己說成為「曠野裡獨來獨往的一匹狼」，可見其在象徵意義上有所強調。「曠野」何其大，「獨來獨往的一匹狼」又何其渺小，這種對比，表示其多麼獨立特行，不同流俗，敢於挑戰。

然而他也並不把自己視為「先知」。先知此一名詞常見於《聖經》教義，指一些能預知未來的人，譬如以賽亞就是常常能應驗上主的意旨而說話的先知。詩人卻不以以賽亞自命，他了解他的獨來獨往是大勢所趨，因而他也「沒有半個字的嘆息」，連續這樣的兩句表白，更為點出曠野這匹狼義無反顧的個性。

「嗥」是狼的吼叫聲，聲音非常恐怖。「空無一物之天地」仍指曠野。「數聲悽厲已極之長嗥」即可搖撼一整個空空的曠野，其震撼何其強烈。而這種恐怖的長嗥偏偏又是一種恆常的舉動。下面「使天地戰慄如同發了瘧疾」是對上一句的形容或補強語句，瘧疾來時的冷得澈骨寒心，去時的熱得渾身汗透，是一種非常損人的病害，而狼的長嗥會把天地搖撼得發了瘧疾樣的戰慄，想是多麼的嚴重。

緊接著下句「並刮起涼風颯颯的，颯颯颯颯的……」則仍是那句悽厲已極長嗥的餘響。但是詩的最精彩之處，還在這冷冷且帶戲謔口吻的最後一句「這就是一種過癮」。過癮什麼？當然過癮於這些使天地戰慄、搖撼等瘋狂式的、惡作劇式的狼的作為。這俏皮而又頑童口吻的結局，把詩帶入非思議所及之妙境。

其實讀這首詩還應更進一層的認識。因為沒有任何一種文字的形成不是事出有因。紀弦先生創作此詩時在一九六四年，離他創立現代派（一九五六年元月）已是第八個年頭，而離他解散現代派（一九六二年春），和停辦《現代詩》雜誌（一九六四年二月）才不過一、兩年的光景。現代派創立時真是風從雲湧，大批青年詩人都拜倒其門下。然其現代派所主張的橫的移植，主知的強調以及純詩的追求，卻為整個文壇帶來震驚，由而產生廣泛的討伐與抗拒。而偏偏響應者眾，能以理論護衛者寡，致使紀弦先生形勢孤單，多年不得平靜，最後終至厭煩而將現代派自動解散。其遭受挫折的失落感可想而知。詩境本乃心境的反應，〈狼之獨步〉卻是他在心境最壞的時候的一首創作。當然所有的感慨和憤懣都會藉詩發揮，這首詩之這樣的表現出孤絕和激烈，當是自然的事。

篝火中的禪意——解讀〈篝火〉

究竟什麼是篝火？
我給您的回答
乾脆又俐落：
這就是一堆
失去了生命的朽物——
假使沒有火。

這是岸柳腐朽的枝條，
早因春水沖刷而倒臥；

這是紅花一簇，
曾經熊熊燃燒冒著盛夏的暑熱；
這是橡樹的密葉，
寒風襲來才紛紛飄落；
這是一捲白樺樹皮，
颯颯風聲剛在樹頭啞默；
這是一座樹墩，一把木屑，
正待腐爛，從容不迫；
這是一株乾枯的向日葵，
脖子一歪，搖搖欲墜。
白天被人看中，
黃昏被採集成垛，
這當初活生生的一切呀，
而今到火堆上邊集合……

究竟什麼是篝火？
這是善良的、
崇高的火光，
請向它伸出雙手，
讓手掌擁抱著手掌。
坐一坐，
歇一歇，
烤得渾身暖洋洋。
請君烤火，但請君莫忘，
將這火光呵仔細端詳。

倘若不是夜幕障眼，
您就會一目了然；

這輕煙裊裊猶似
　樹林泛綠迷離如煙；
　淡淡輕煙漸漸濃了，
　濃煙裡恰似實景再現：
岸柳一叢玫瑰般緋紅，
陡然間噴出烈焰一片；
轉眼間再度煙消火亮，
如霞光一道衝出雲端；
那鮮紅的花兒一簇，
重新吐豔於篝火之顛，
濃煙起舞似長髮翻捲，
不停地纏繞，不停地盤旋……
驀地，那棵向日葵破煙而出，
葵花開放，展露笑臉，

它挺立著，
它等待日出——
太陽猶在何方睡眠，
等不到黎明來臨，
便又倒在濃煙中間。

究竟什麼是篝火？
什麼是暗夜裡那照亮草木的篝火？
那就是昔日之美的
一時復活。

（王乃倬譯，選自《當代外國文學》一九八二年第四期）

〈篝火〉是蘇俄十月革命之後成長起來的一代詩人瓦西里．費奧多羅夫（一九一八—一九八四）之重要代表作，這首詩的重點我認為全在第一段，而且這一段可以獨立成為一首詩，一首非常具有禪意的短詩。因為第二段詩的內涵不過是對前一段詩中所謂「失去了生命的朽物」的解釋或描寫。那些腐朽的生物不過是些乾枯的紅花、橡樹的密葉、白樺樹皮、樹墩、木屑以及乾枯的向日葵，被人收集成垛，「而今到火堆上邊集合」，如照詩以精煉為上的說法，這些描寫都太瑣碎，純係散文的手法。

第三段詩則是正面描寫篝火的功用，說篝火善良崇高都是個人中意的說法。所謂「篝火」是森林中獵人生火過夜取暖的生活方式，也有那少數民族如我國西南的苗族、土家族都會於歡慶節日時燃起篝火，圍著火的四週跳舞歌唱，以展示他們的生命活力，對這一以火為中心的儀式，自是要不斷的讚美歌頌。

第四、五兩段則是對那燃起的火苗的遐想和描寫，好像那些跳動的火焰都是那些當年腐朽生命的再現，昔日之美的復活。這些想像的轉化都極其巧妙的生動，但都是對篝火外在形象意義的審視和誇飾，顯然不如第一段那「生命的朽物」來得概括且深入。尤其以「假使沒有火」這一原因來點破或棒喝，更顯這些外在形象的一切描寫都是徒然，詩也較有回味深思之處。

所謂「禪」本乃「心空際斷」的一種頓悟。習禪的方式有所謂「公案禪」、「看話禪」和「默照禪」三種。公案者有如官府之案牘，並非一人之意，乃學佛之機緣，三界十方百十開士之至理，讀之如聞律令而知法。「看話禪」又稱看話頭，是從一個公案，來勘驗修禪者的見地程度。以看話頭來摧破思慮情識，使得參禪者在突然間達到大徹大悟。「默照禪」並不是說要參禪者頭腦變成一片空白，呆若木雞的靜坐，而是在靜「默」中去觀「照」。從體與用，理與事，空與有中各各宛轉回互的觀照，達到我的大自在、大活潑的悟境。

〈篝火〉第一段是用一句話來點發，引動一個真理，撥開心性之門，而產生悟境，似即具有「看話禪」的道理。這一段詩使我想起一段相似的公案。禪僧丹霞和尚一年冬天焚燒佛像取暖，看到的人非常吃驚，阻止他不要暴殄天物。丹霞和尚從容的說：「我要取出舍利子。」那人目瞪口呆的笑起來，問道：「木頭佛像能取出舍利子嗎？」和尚說：「焚燒沒有舍利子的佛像，何謂暴殄天物？」這也是用一句話頭來點破，引出一個真理，和〈篝火〉詩所給人的啟發是一樣的。只是這裡利用一段公案作工具，來達到思慮情識的勘破。習禪又稱參禪，看話頭、參公案是其利器。〈篝火〉一詩的作者雖係繼承了俄羅斯古典詩和蘇維埃詩歌的優秀傳統，具有抒情因素和誠摯的個人情感色彩，但他早年曾在工廠當過車工，學會了許多觀察事物的本領。他曾說過：「有識圖的本領便可

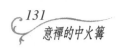

發揮想像力，進行空間思維，同一個部件可以從幾個斷面來觀察。」對〈篝火〉的描寫正是運用了這種「空間思維」，這樣他才能充分掌握了篝火之為篝火的真正價值所在。這種思維是在默默觀照下的恍然大悟，這便乃禪的所在。

（本文所引有關禪的知識均係取材自釋聖嚴所著《禪的體驗》一書）

高過亞歷山大石柱
——普希金的名詩〈紀念碑〉讀後

我為自己建了一座無形的紀念碑
人們走向它的道路上永不荒蕪
它將倔強的頭顱高高揚起
高過亞歷山大石柱

不、我不會完全死亡——遺骸可腐
精神永存，存於心愛的詩歌之中
只要世界上還有一個詩人
我就會千古垂青

我的消息會傳遍全俄羅斯
任何民族都能說出我的姓名
驕傲的斯拉夫、芬蘭，尚待開發的通古斯
還有卡爾梅克草原的牧民

我所以能永遠與人民親近
是因為我用詩歌呼喚人們的善心，
因為我在殘酷時代歌頌自由，
還為先烈呼籲寬容。

啊，繆斯，你要聽上帝的囑咐，
既不怕欺凌，也別祈求桂冠加身，
頌揚和誹謗只當身外之物，

與蠢材不必有高下之分。

楊繼舜譯，九九年三月〈名作欣賞〉

普希金的後輩俄國詩人屠格涅夫的散文詩〈兩節詩句〉中，一開頭曾有這樣的描述：

> 從前有個城鎮，裡面的居民是那麼的愛著詩，以致於，假使幾個禮拜過去之後，沒有一首好詩出現，他們認為這樣的貧乏現象是大家共同不幸的事。
>
> 經常在碰到如此晦運的時候，他們都穿上最壞的衣服，染上一些灰塵在他們頭上，而且大家擁擠在一個公共的方場上，灑淚，而且嚴苛地譴責那摒棄他們的藝術女神。

屠格涅夫詩裡寫的這個城鎮在什麼地方？會對詩有這麼神聖的崇拜？沒有了詩真的會那麼不幸嗎？會值得集體垢面粗服的去譴責藝術女神？這個地方絕對不會是在「理想國」。柏拉圖的理想國中根本沒有詩人的地位。尼采認為詩人都是大騙子，赫克里斯說：「詩人只不過是七彩煙霧的製造者。」他們也不會像屠格涅夫樣的抬舉詩人。不過俄國現代詩人葉夫圖申科認為，在俄國，詩人的重要性遠遠超過一般人對「詩人」這兩個字的認知，詩人從來都是走在時代與社會的最前端，而詩歌在人們生活中有著非凡的營養價值。

從這樣看，屠格涅夫詩中這塊聖地應該就是指俄羅斯本身。他們有著很多偉大優秀的詩人，普希金就是最早、最偉大者。他們才能這樣自傲的說，如果一段時期，沒有一首好詩出現，就是大家共同的不幸。

一九九九年六月是俄國最偉大的詩人普希金誕生二百周年。經濟情況一直很差的俄羅斯，紀念起這位詩人的兩百歲冥誕可一點也不含糊，即使在位的英國女王也沒那麼浩大隆重。主要的是所有活動都是民間自動自發，俄國人仍然在為他們擁有一個偉大的普希金而驕傲而興奮。在莫斯科，在聖彼得堡以及各大城鎮，普希金的詩集、畫片在各書報攤、紀念品的攤位上大量陳列，只花二、三十盧布，就可買到一疊。普希金幾座造型不同的塑像，都一直堆滿了鮮花。普希金紀念館、普希金造型藝術博物館，以及一九三七年為紀念普希金逝世一百周年，原名為沙皇村，現改名為普希金市的沙皇冬宮，每天都有瞻仰者絡繹不絕。而他那花了七年時間完成的一部以展示俄國生活原貌的演歌劇〈葉甫根尼．奧涅金〉場場客滿的再加演，俄國人陶醉在柴可夫斯基曼妙的音樂和普希金優美的詩歌中。

普希金已被俄羅斯人尊為一代詩聖、俄羅斯文學之父。俄羅斯人認為詩人普希金一生表露了三種傲人的特質。首先他不畏權貴，極度反對當時沙皇的專制制度，他鞭撻上流社會的糜爛腐敗和不思改革不遺餘力。他自認是俄國各民族的共同詩人，在他眼裡，俄羅斯各民族不論大小，不論開化程度，應當一律平等，他為他們歌頌。再來普希金揚棄俄國原先的貴族文學，從各民族的民間傳說、民謠、民歌創造出獨具一格的俄羅斯文學，拓展了俄國文學的新道路，高爾基認為沒有普希金，就沒有後來出道的果戈里、托爾斯泰、屠格涅夫、杜斯妥也夫斯基。最後一點是普希金的詩通俗易懂，為人民大眾所喜愛。俄國一位評論家別林斯基這樣形容，俄國所有識字的人都在傳誦普希金的詩。少女們把它抄在筆記本上，學生們在課堂上背著老師抄寫，店員們坐在櫃臺後面也在抄錄。在京城如此，在荒僻的外地也是一樣。

這首普希金的名詩〈紀念碑〉寫於一八三六年八月下旬，也就是他和情敵法國貴族決鬥而死的前半年。這首詩充滿一股剛烈的正氣，像是在向他所處身的殘酷時代宣戰。他說他為自己所建的一座無形紀念碑，高過亞歷山大石柱，這座石柱就在聖彼得堡冬宮的廣場，原係沙皇權力的象徵，他要高過它。普希金做到了，他以不屈於權貴的堅強意志，他以歌頌自由博愛的詩篇，他以充滿善心的親和力，深深紮根於俄羅斯人民的心中。不僅在俄國文壇，就是在世界文學史上早已是擎天一柱。

現代詩中的月亮

自古以來我們中國人即喜愛月亮、崇拜月亮，有很多描寫月亮的神話故事。把月亮想像成一處廣寒宮殿，裡面住著一位追求長生不老的美麗仙子，自是家喻戶曉的一則神話。一個手持巨斧、力大無窮的吳剛，天天在月亮上砍伐一株高達五百丈的桂樹，永遠也砍它不倒，則是另外的一則。這些美麗神奇的故事給我們編織了很多夢，也形成了很多習俗，更成了文士們取之不盡的寫作素材。我國古詩中，月是所有詩人描寫的對象，詠月、望月、賞月的詩作不勝枚舉。又由於月的盈虧出沒這種時序現象，頗為吻合人生的無常，因之也常用之來形容人的際遇。宋朝的大詞人蘇東坡，因與當朝政見不合，謫居在外，在心境上有所感觸，寫了一首〈水調歌頭〉：「明月幾時有，把酒問青天，不知天上宮闕，今夕是何年？」大大的感嘆人之悲歡離合，如月之陰晴圓缺，自古難全。

月更是詩人們思鄉情緒的寄意標的，「舉頭望明月，低頭思故鄉」是李白〈靜夜思〉的感觸。「露從今夜白，月是故鄉明」是杜甫〈月夜憶弟〉的心情。「西面望鄉何處是，東風望月幾回圓」是白居易漂泊歲月中的愁緒。月是中國詩人最豐富的靈感意象來源，沒有一個詩人的作品中沒有月亮。

「今人不見古時月，今月曾經照古人，古人今人若流水，共看明月皆如此。」一樣的月亮，照在現時代詩人的窗前，又會是怎樣的一種反應呢？一般而言，月在現代詩人作品中出現的面貌，已經隨著時空的變化有了不同的詮釋。人類登陸月球的實現，自是打破了人對月球神祕的遐想，更縮短了遙不可及的距離感。其實早在阿波羅計畫未實現前，現代詩人對月亮的寄託早已不再迷戀古人那種想嫦娥、捉玉兔、住廣寒，或藉之以感慨別井離鄉的單純想法。月在現代詩人筆下已經變得更活潑、更具多面性，可以說它已自高不可攀的天宇，接回到處處可碰面的人間。現在我們且看林煥彰的〈十五・月蝕〉一詩，月亮怎樣在他的筆下出現：

八點鐘，月在我二樓
企圖穿窗而過

十五那個晚上
我捉住了她
所以，你們
就有了一次月蝕

而午夜
她將衣裳留在我床上
所以，那晚
她特別明亮

詩中月亮的盈虧過程，化成了戲劇化的偷香情節，別具趣味。但是在慣於寫月的張健教授筆下，同樣是寫月亮出沒的情景，詩中的月亮卻沒那麼文明，他的月光會敲門。詩題叫做〈敲門的月光〉：

敲門敲了半小時
我才讓月光進來

她婀娜多姿
向我訴說山背後的
煙火和情景

一杯龍井茶
喝下去，月光
睡成了我的白被單

詩中的月光有動作、有背景，且有一段不凡的經歷，詩人接納她，像接納一個突兀而遠來的故友，敬茶、安歇，十分溫情。

圓圓的月亮在古詩中常常被說成「冰輪」、「玉盤」，一些沒有體溫的東西。現代詩人則常把它看成人體的一部分。名詩人洛夫在〈血的再版〉中有兩句：

唉！中秋豈可無月
無月教我如何想像妳早年的容顏

〈血的再版〉是詩人寫給他過世母親的一首長詩。佳節思親，中秋望月，藉月的容顏來回憶他母親早年面如滿月的慈顏，意象取用，親切得體。

梅新也曾在〈寒月〉一詩中，用月來象徵一張歷盡風霜的臉：

於孤峰絕頂
在凜冽的風中
一張
張望的臉
思古憂今的
臉，被毀容
雲砸霧撞
以及兀鷹的啄和抓
臉在瀝血
朝向他的
聖誕紅

也在瀝血

這張寒月般的臉，似乎在現今這個世界上隨處可見。

〈月思〉是名詩人羅門少見的一首表現親情的詩，月在他寫詩的現代手法下，表現了多層的象徵意義：

深夜
月亮把一塊光
縫貼在地毯上
母親仍為我過年的新衣
在老家的燈下
趕縫著最後的一個口袋

我走近窗前
身上那個口袋
竟然是那塊月光

手摸袋裡的壓歲錢
才發現那枚發亮的銀圓
是千里外的月
母親，我如何去拿呢
妳的手在那麼多舉起的槍枝中
又永遠的縮了回去
妳走後，誰也沒有告訴我
妳的臉與妳給我壓歲的銀圓
仍一直存在月裡

這首詩時空交織壓縮，有電影中蒙太奇的手法。詩中的月一忽兒是縫貼的口袋，一忽兒是壓歲的銀圓，一忽兒又是母親的臉，比喻得都很貼切，也極予人親切感。

月亮在古詩中被看成是一面明鏡的很多。李白有「皎如飛鏡臨丹闕」、「月下飛天鏡」，杜甫寫過「滿月飛明鏡」，宋朝向子諲的〈洞仙歌〉裡有「碧天如水，一洗秋容淨，何處飛來大明鏡」的句子。現代詩人余光中則把它寫成「是一面迷鏡／古仙人忘記帶走／鏡中河山隱隱」，鄭愁予則把月亮看成是「一面出土的古鏡」、「冉冉地升著／其聲息可聞」。但更多的詩人則把月亮看成是各種形體。管管有首詩叫做〈四方的月亮〉，寫得非常熱鬧，月亮在他的軍用蚊帳裡鬧了一個晚上。詩中有一句說：「這圓型目前並不流行。」洛夫就曾為月亮整過型，那是在〈月亮照在鹽田上〉這首詩中：

剛昇起的月亮
被鹽田 切成
一方塊
一方塊的
千年寒玉

古詩中有句「圓月窺窗影欲方」，是月亮自己在遷就形體。現在則是以物格物，想像力真是豐富。

月亮不但可以切割整型，在詩人筆下尚成了流體物質，且有味道。大詩人余光中的〈月光曲〉一詩就有這種妙筆：

廈門街的小巷纖細而長

用這樣乾淨的麥管吸月光
涼涼的月光，有點薄荷味的月光

余光中在〈月光光〉一詩中，還曾把月亮寫成可怕的有毒化學物質：

月光光，月是冰過的砒霜
月如砒，月如霜
落在誰的傷口上？

張健〈月下〉一詩，月亮更是為他製造了麻煩：

月球的許多銅銹
恣意地向我飄落
一剎那間，我變成
頭皮屑最多的人

這真是想像的飛騰。大概這是詩人在月下樹蔭中，篩篩月影所給予他的感受。最不可想像的是方莘在〈月昇〉一詩中所出現的月亮。

黃昏的天空，龐大莫名的笑靨啊！
在奔跑著紅髮雀斑頑童的屋頂上
被踢起來的月亮
是一隻剛吃光的鳳梨罐頭
鏗然作響

這首詩一直被詩人和詩評家所喜愛，也收入在各種詩選集中，但都句解不出其中的真意，只覺其意象繽紛、耐人尋味。余光中推崇這首詩是意象主義的佳作。讀〈月昇〉可以一窺抽象派名畫家克利的意境。

星與月通常是會相伴出現的，這兩者同時寫入現代詩中會是什麼樣子呢？青年女詩人葉翠蘋寫過一首〈星月篇〉，有非常不尋常的表現：

一腔沸騰的心緒
傳抵天庭
冰成一輪清淡的月

四處飛濺的激情
射入天庭
凍成顆顆堅凝的星

月是零
星也是零
夜夜昂首的戀情
不過是滿天的零加零
等於零

我是個正史不收的名字
流落草野
日日反芻無人相信的傳說
夜夜演算天空中

偉大的數字
然後，逐漸，也冷凝

星月如冰，戀情似零，時時演算，也仍是空。這是一首具現代感受的情詩。

太空人阿姆斯壯登陸月球之後，真正揭開月亮神秘的面紗，發現那處人類夢幻中的廣寒宮闕，盡是乾枯無水，荒蕪不毛，晝夜氣溫懸殊，沒有生命的廣漠地帶。此時有許多詩人寫出了這件對人類歷史有重大變動事件的感受。被余光中喻為「新現代詩的起點」的詩人羅青，一連寫了十餘首人類登陸月球的詩，他的觀點是積極的、充滿前景的、擁護科技文明的。這些詩不但題目現代感十足，譬如〈蜜蜂的月亮〉、〈弟弟的月亮〉、〈三二九的月亮〉，連內容也很生活化，比如〈司機阿土的月亮〉：

月亮，又停在
大擋風玻璃的右上角了
活像一張圓圓的「交通」標語
白白的，貼在那裡
印著「保持距離以策安全」的一面

向外，車裡的人
誰也看不見

有人下車就有人上，雖是循環線
不過車裡的人，誰也弄不清起點和終點

收音機和電視機都說
有些人到月亮裡去了
不知道，他們會在月亮背後印些什麼
阿土一面揣測，一面
握著方向盤的手，更加謹慎了起來
配合著顛簸滾轉的輪胎
配合著靜靜旋轉的地球

這首詩把人類登陸月球一事推展到我們日常事物中，相互借喻，既為現實，又超現實，既像在月球，又像在地上，時空交錯，饒富趣味。

現代詩人的心靈是年輕的，寫詩的手法是求變進取的。一個古老的主題能寫出這麼多的不同面貌來，未來在現代詩人的原子筆下，還會更多彩多姿。關心詩的人請拭目以待。

輯四

沒有意象・詩會異樣

沒有意象・詩會異樣

——小論詩中的意象

一、意象一詞的來由

「意象」二字已成了現今各類評詩文字中最常見的一個名詞。隨便任何一首詩，隨便任何一個詩人都會強調意象在詩中的重要性。早年在評論一首詩時，多半只會說詩中的「意境」要如何的高妙，如何的宏壯優美。而今意境說已趨消沉，「意象」取用的好壞已成了一首詩成功與否的標準。「意境」與「意象」其實是截然不同的兩回事，誰也不能取代誰。「意境」是指一首詩在情、理、形、神各方面都能達到的一種理想的美感極致的要求，它是屬於形而上的，它像理想國那樣懸在那裡要我們去追求，是我國獨有的一種詩美學標準。而「意象」只是一首詩中如何以適切的事「象」相應表達詩人「意」圖的一種手段，它是指詩的表現方法，也是構成意境的一個條件。所以意象是屬於詩人後天的修養功夫。懂得其中奧祕，並不難以達成。我們在詩中當然要追求高的意境，高的思想層面的表達，也要有好的意象經營，作高技巧層面的表現。意象是現代主義盛行以後的一種外來術語。西方意象派詩人龐德曾在他的《漢詩譯卷》中，盛讚「中國詩人從不直接說出他的看法，而是通過意象表現一切，人們才不辭煩難地迻譯中國詩。」由是「意象」二字乃在我們的現代詩中倍受重視。我們的詩人也才知道使用「意象」來表現是中國詩歷來的特點。

二、意象的定義和解釋

但是儘管大家對意象如此的重視，然而對意象二字的解釋和了解卻各有不同。而且我們會發現，「意象」一詞並非西方的發明，而在我們的古典哲思和文學經典中早就有意象這個概念。《周易・繫辭上》孔子曾說：「書不盡言，言不盡意。」有人問，那麼聖人之意，就看不出來囉？於是孔子又說：「聖人立象以盡意。」晉時的王弼在《周易略例・明象》中也說：「夫象者，出意者也。言者，明象者也。盡意莫若象。意生於象，故可尋象以觀意。意以象盡，象以言著。」等於是呼應孔老夫子的那句「立象以盡意」。而南朝的劉勰在《文心雕龍》〈神思篇〉中曾有言：「然後使玄解之宰，尋聲律而定墨，獨照之匠，闚意象而運斤。此蓋馭文之首術，謀篇之大端。」明代前七子之一的王廷相，在一篇與友論詩的文章中，更直接指出意象在詩中的重要。他說：「夫詩貴意象透瑩，不喜事實黏著。古謂水中之月，鏡中之影，可以目睹，難以實求也。……嗟呼，言徵實則寡餘味，情直致而難動物也。故示之意象，使人思而咀之，感而契之。」

西方意象派詩人龐德對意象一詞的解釋，常為人引用。他是針對此二字的意涵結構而言，他認為意象是「智力與情緒在瞬間的複合體」。這個解釋顯然不如早期一位西方詩人休姆間接道出了「意象」的真正意義。休姆說：「視覺上具體的——使你持續地看到的有形的東西，阻止你滑進抽象的過程中去。」這也就是說詩該以具體的形象來代替抽象的觀念。我們常常說：以見為真，看到才算數，就是這個意思。

我們當代很多詩人對「意象」二字也有獨到的體會和見解。大陸老詩人艾青認為：「意象是詩人從感覺向他所採取的材料的擁抱，是詩人喚醒人的感官向材料的迫近。」這種解釋總覺轉彎太多，難以一看就明白。我們臺灣的名詩人余光中則說得簡明具體，他說：「詩人內在之意訴之於外在之象，讀者再根據這外在之象試圖還原為詩人當初內在之意」，他還說：「我們似乎很難想像一首沒有意象的詩，正如我們很難想像一首沒有節奏的詩。」洛夫則以為：「所謂意象就是用語言來洩露一種新鮮、活潑的，而且很具體可感的一種形象。簡單的說就是用語言文字來構成一幅畫。」白靈在他的詩論集《一首詩的誕生》中有好幾個章節討論意象。他認為意象正是古人論詩強調的所謂「情景」。意就是情，象就是景。或寓情於景，或觸景生情，或情景交融，他還說情和景分開就是散文，情景相合就是詩，用這樣來解釋散文和詩的分野最簡單明瞭。另一詩人謝輝煌也持同樣的觀點，他在一篇文章中說意象一詞只是情景的另一說法。他同時還舉過很多例，譬如杜牧的詩「遠上寒山石徑斜」，他認為「寒山」二字便是個非常漂亮的意象。「寒」是意也是情，「山」是象也是景，合起來便是意象，又叫情景。但這種說法大陸詩評家李元洛卻另有補充的意見。他在所著《詩美學》〈論詩的意象美〉一章中，認為意象是一個涵義較情景更為廣角的批評用語，它包括情景。意不僅包括情，也蘊含著理，而象則可囊括整個客觀世界的物象。

中國大陸部分詩評家常稱詩中的意象作「形象思維」，即是將思維予以形象化的意思，這和我們所稱的意象含意差不多。意象亦是將意念或意圖予以形象化的簡稱。為求一般人的容易了解，我常以拆字的方法來說明意象二字。「意」即心中的主意、意圖，包括思想、觀念、看法、情緒等內在隱形活動。「象」則是外在的現象，包括世間一切看得到、摸得到的事事物物。將隱形的「意」藉外在相應可感可觸的「象」表達出來，使它落實，這就是「意象」的簡單道理。說得更簡單一點，就是用可見的象，把不可見的意表達出來，使人容易了解。就像我們對自然界的現象「風」的感知一樣，在物理知識上，空氣之流動是謂風，風是無影無蹤的，就像我們心中的意念，看不到也摸不著。我們必須藉樹枝的搖擺、波浪的起伏等這些現象，才能感知風的存在。我們心中的意念也是一樣必須藉一個讓人清楚的事象來說明，才能感知詩的存在。

三、意象在詞中的重要性

我們中國的詩一向是講求凝鍊和講求含蓄的，外形凝鍊，內涵深永是它的最大特色。但是我們詩人心中所要表達的常常是非常複雜、非常難以說盡的，為了達到這種長話必須短說的要求，同時也為了適應格律的有形框框，詩人不得不想出使用意象這種手段，以達到既凝鍊又深永的目的，所以龐德才發現中國詩是以意象表現一切，不直接說明。現代主義盛行以後，不但拋棄了格律韻腳的桎梏，更縱容詩人寫自由詩，詩已無定法和規範。人一自由會放浪形骸，詩一自由便會漫無節制，於是詩和白話的散文難以區別。詩成了直來直往的把話說盡，更加失去詩本應含蓄凝鍊的原旨。西方的意象觀念適時的傳了進來，應是遏止詩往概念和抽象說白方向發展的及時雨。我認為這才是現代詩特別著重意象表現的最大原因。也就是說，在古詩中使用意象是凝鍊語言以適應格律的限制，而現代詩重視詩中的意象是為了節制語言，使詩的語言不會漫無章法。

詩中使用意象最應講求的是在意與象的準確扣合，不可稍有偏離，如此方能真正達到言簡意賅、生動感人的目的，曹植的〈七步詩〉是一首典型的意象圓融無間的詩：

煮豆持作羹，漉豉以為汁。
萁在釜下燃，豆在釜中泣。
本是同根生，相煎何太急。

曹植在七步之內完成此詩，目的是要勸諫他哥哥曹丕不可因妒忌成仇而殺害他。如果他有時間從容書寫，他可把勸諫之意寫成萬言書，引經據典，甚至動用六法全書來痛陳歷來兄弟鬩牆之害。但是時間不許可，他只有急中生智，選用煮豆燃萁這一自身相煎的事象來暗示兄弟相殘之恐怖，何忍心下手？據說曹丕聽後馬上面露愧色，打消殺意。這首詩既表現了感情的一面，又說出了理性的一面，達到主觀意和客觀象的和諧統一，所以才會感動人，才有說服力。但是我要補充一點的是，曹植能夠在七步之內急中生智想到煮豆燃萁這一事象來暗示，表示曹植的人生經驗豐富，平日觀察敏銳，所以他能夠順手就把這一事象很確切的運用到詩中，要是沒有見過煮豆燃萁這一回事，也就無從聯想得到，所以詩人要能有這種急智，還得靠平日的多觀察多閱歷，使你的腦中資料豐富，才能夠隨時隨機取用。

意象應曰合，意象乖曰離。意象合的詩可以達到言簡意賅、生動感人的效果，就像曹植〈七步詩〉一樣。意象乖離的詩則常常會使詩的意圖不明，晦澀難以了解，或根本不能成其為詩。因之有象而無意，或有意而無象的詩都會被人視為詩的贗品，使人索然寡味。然而我們在詩的追求和摸索中，常常會不自覺的大量生產這種作品，混淆詩的視聽。

就有象而無意的詩而言，最好的例子便是所謂的「視覺詩」。視覺詩本來是一種很好的構想，就廣義而言，我們現在透過文字去看的詩即是視覺詩。但是現在的視覺詩是捨棄文字，而意圖從其他媒材一眼就看出詩意，就不是那麼容易了。我們看視覺詩常常會把它當畫來看，可能會一眼看出它的美感或色感，但如果要知道「詩」的真「意」何在，還必須去看附在畫旁的詩行才行，這便是視覺詩本身有象而無意的一個盲點，而這個盲點經過很多詩人的努力，始終也難以克服。「圖象詩」也是有象而無意。如果硬說它有意，不過是用文字當磚塊堆砌出一種意而已。譬如有人用文字堆成一座「山」形，有人用幾行直立的文字象形幾棵樹，或者把文字一字排開，像雁群在飛行，像掌聲在擴散出去一樣。這種詩只能說是有意去經營一種「象」，再從象表現出「意」來或尋求出意來。這種詩未免太著象，太著象的詩是沒有咀嚼的味道的，因為它的味道已在它的象形上一語道盡了。另外一種有象而無意的詩，便是近年流行的所謂後現代作品。後現代作品常常是文字的拼貼，不講求深度，它是當今彈片文化的逼真反映。商禽在評這種詩的時候，曾有過非常坦率的評語；他評的是一位大陸知名詩人于堅的作品，于堅是大陸雲南的一位詩人，曾經獲得《聯合報》的詩獎、《創世紀》四十周年紀念詩獎。他說：「讀于堅的詩必須有許多心理準備，首先，別想企圖在他的詩中找到美麗的詞藻，摘取金句警語，也別想尋繹出什麼象徵，也不可能聽到他內心的獨白，至於我們常說的『意象』，對于堅而言也是大為不同的，也許我們應該稱之為『視象』。忽然想起日本人把攝影叫做寫真，于堅的詩可以當之無愧。」（見《創世紀》第一百期第八十頁商禽寫的〈于堅小評〉）詩寫成寫真集一樣的赤裸，一覽無遺，詩寫成沒有美麗的詞藻，聽不到內心的獨白，而只是一堆文字，這是詩有象而無意的最佳例證。現在這種所謂後現代作品便是如此這般大量出土，並且宣稱詩「不要意義」。但卻又被有心的評論家說成那是「純粹用意象來表演的作品」。他們把堆砌的「現象」或商禽說的「視象」誤作了「意象」，不知道現象或視象只是客觀的陳列，要與主觀的意來作有機的配合，才能稱作意象。詩是因具情意而感人，不是拿一堆現象來壓人。

有意而無象是詩乖離的另一極端。也就是詩中全是概念的陳述，抽象的白描，空洞的吶喊。詩人把他要表達的意念全部出現在文字表面，全不顧詩必須含蓄、必須有「言外之意」的要求。早年的政治詩、口號詩全是這種表面文章。像早年古丁寫〈革命之歌〉那樣，將詩的實用性和藝術性兼顧的非常少見。而這種偷懶的寫詩流毒至今仍時常可見。讀這種詩和讀散文沒有兩樣，可以立即明白曉暢地獲得它要傳達的信息和意圖，卻使人沒有半點感動，也帶不來任何聯想。而且多半是一寫一大堆，因為不用一大堆文字來形容描述，不足以盡意。有一次我拿這樣的詩給學生們看，問他們的讀後感，他們有人冒出了一句「有媽媽的味道」。「有媽媽的味道」是賣一種醬油的廣告詞，這句廣告詞是一句非常高明的意象用語，只此一句勝過千萬句對這種醬油味道的讚美。因為它把平面抽象的形容讚美都打倒了，譬如鮮美、可口，甚至清水變雞湯，誰能說媽媽做的菜不美？媽媽的味道是天下的至美，我們想到好吃的東西，一定是媽媽做的，是媽媽的手藝，所以這種醬油賺了大錢，獨佔了市場。這是拜意象取用成功之賜。我以為學生是讚美這首詩，原來是說這首詩像媽媽一樣的囉哩囉嗦，可見這個意象用語還可作多面的解釋，看用在什麼場合。那是一首某詩人的懷鄉詩，寫了八十五行，分成四段，他把記憶中家鄉的一草一木、晨昏作息的各種活動，用每日問的方式，鉅細無遺的寫了出來，內容看來非常豐富，事象紛陳，實際煩瑣乏味，全無詩的韻味和回味，更是了無新意，都是人家說爛的、人盡皆知的陳年八股，徒有詩的形式，沒有詩的內涵。這就是一首不知道準確使用意象的詩。他從來不知道，他的「意」圖如果配合一個準確的事象來代言，會省卻多少文字，至少達到詩要精鍊的要求。王維有首〈雜詩〉，同樣也是寫思鄉，只有四句：

君自故鄉來，應知故鄉事。
來日綺窗前，寒梅著花未。

王維即是用「寒梅著花」這一探問的意象語來關懷他的故鄉。只用此一「部分暗示全體」，可以「概括」多少心事的意象，就使得詩味盡出，同樣把懷鄉的情緒、對家鄉的關懷表達了出來，哪裡會要那麼多囉嗦的形容描述？我們的詩常被人諷刺為散文的分行，就是因為不懂使用意象的原故。好詩是不用太長的，長詩的裡面摻水太多，意思重複又重複。歷來長詩能被人記住的，總是只有其中意象比較鮮明突出的那幾句，連〈長恨歌〉也不例外。而〈長恨歌〉已經是一首語言非常通俗易懂，歷來最受歡迎的古詩。據說當時長安的名妓以能背誦〈長恨歌〉來抬高身價。但是一般人多半只能背誦結尾那幾句比較感人的：

七月七日長生殿，夜半無人私語時。
在天願作比翼鳥，在地願為連理枝。
天長地久有時盡，此恨綿綿無絕期。

四、構成意象的幾種方法

詩中意象的構成看起來很難，其實如果熟諳文法，非常容易。因為它不過是在變修辭的戲法而已，而且戲法變得越新奇，且不失手，越有可能成為大家，已往成名的大詩人莫不擅於玩弄這種手法。王國維在《人間詞話》中認為宋朝宋祁的詞〈玉樓春〉「綠楊烟外曉雲輕，紅杏枝頭春意鬧」著一「鬧」字，而境界全出。其實這一「鬧」字豈止境界全出，還使這句詩立即蛻變成一個活生生的春日場景。一個守成的詩人頂多寫成「春意新」，或「春意濃」，但「新」和「濃」都是抽象的概念，是一種平面的形容，使人對它的反應不過是一個畫面而已。「鬧」字是一個動詞，它會活神活現，將虛化實，帶動整個詩「鬧」了起來。綠蒂的詩集《決堤的哀戚》是取自他這本詩集中的一個意象用語。意思是表達他對親人過世的哀思，如果他用「無盡的哀思」或「哀痛欲絕」、「哀痛逾恆」，「無盡」和「欲絕」、「逾恆」都只是空幻的形容，而用「決堤」則乃事象的比譬，哀戚像決堤的洪水樣的洶湧激動，就生動多了。因此「比譬」或「比喻」是組合意象最常用的方法。亞里斯多德在《詩學》中說：「比喻是天才的標幟。」我把比喻看成是「詩中的魯仲連」，能把彼一種說法來支持此一想說的說法，達到傳話的目的。朱自清認為廣義的比喻是詩的主要生命素，詩的含蓄，詩的多義，詩的暗示力，主要建築在廣義的比喻上。他寫的〈唐詩三百首指導大概〉長文裡，有三分之一的篇幅是寫「比喻」在詩中的運用和舉例。他發現在《唐詩三百首》中，用比喻最多的一首詩是杜甫所寫一共廿二句的七古〈寄韓諫議〉，而且所用的都是所謂的典喻，就是用典故來作比喻，全是神仙的比喻夾雜著歷史的比喻，每一個典裡都有一個故事。

南宋詩人陳騤把比喻分為十類：直喻、隱喻、類喻、詰喻、對喻、博喻、簡喻、評喻、引喻、虛喻。另外還有借喻、曲喻、倒喻、典喻、否定喻等等，我們則通常把它分為「明喻」和「暗喻」兩種來概括。前者是以比喻詞：像、似、如、好比、如同等使得兩事物間產生意義；後者則兩者之間不用比喻詞，作直接肯定的比擬。有時整首詩只用一個比喻，或者一套事物的比喻滲透在全詩裡。余光中的詩慣於用暗喻，「鐵絲網是帶刺的鄉愁」他不說像帶刺的鄉愁，「每一粒葡萄是一囊完整的成熟季」、「如果離別是一把快刀，青鋒一閃而過／就將我剖了吧／剖成兩段呼痛的斷藕」。這是他在〈別香港〉詩中的幾句，不說像是一把快刀，不說像兩段呼痛的斷藕，所以他的詩的句子都非常強而有力，絕不含糊，使得他的作品始終充滿陽剛之氣，感性中洋溢著理性的因子，建立他獨特的風格。比喻要比得貼切、準確，否則會造成晦澀、無從聯想或誤導聯想，會遭到德國諺語「一切的比喻都是跛腳」的諷刺。

法國象徵主義大師馬拉美有一句為詩的名言：「說明是破壞，暗示才是創造。」暗示和象徵也是創造一個成功意象的最佳手段。曹植的〈七步詩〉即是避免說破，而用暗示的手法寫成的。清朝詩人葉燮在他的《原詩》〈內篇〉中說過幾句對象徵用在詩中的好評，他說：「詩之至處，妙在含蓄無垠，思致微渺，其寄託在可解不可解之會；言在此而意在彼，泯端倪而離其形象，絕議論而窮其思維，引人於冥漠恍惚之境，所以為至也。」所謂「可解不可解之會」、「言在此而意在彼」、「引人於冥漠恍惚之境」，都是象徵手法用在詩中的效果，這種效果會使詩含蓄有味，耐咀嚼，使詩像鑽石樣多面發光。白靈在作意象的分類時，認為象徵性意象的特點是「以具體之『象』去表『徵』較高層次的精神經驗或理念世界」。由於高層次的思考是非常私房的、個人的，甚至歇斯底里的，所以用以去表徵的「象」難以用精準的標準去要求，太精準就會變成說破。高層次的精神經驗或理念世界是難以捉摸的，更難以說個正著。此所以李商隱的詩屢有神祕的美感，而無暢快的通感，歷來解者紛紛，但真正旨趣所在，迄無定論。這種象徵性的意象會提供出更大的想像空間，使讀者不得不從不常見的事物中去尋找它背後隱藏的聯繫線索，而得到詩的最大樂趣。但有些人讀詩非常不願意這麼費腦筋，他們把象徵等同於晦澀。其實象徵只是使詩含蓄的一種技巧，讀的人要通過比較深刻的理解，才可獲得一個比較深刻的印象。而晦澀則完全不同，晦澀是詩人理路完全不明確的一種表現，或者為了要表現自己前衛高明而故意寫成那樣，晦澀的詩只會造成誤解，不會使人理解。

其實純粹用客觀事物的呈現，也可造成可觀可感的意象。這種詩，我們的古詩裡面有很多例子，譬如元朝馬致遠的〈天淨沙〉：「枯藤老樹昏鴉，小橋流水平沙，古道西風瘦馬，夕陽西下，斷腸人在天涯。」又譬如柳宗元的〈江雪〉：「千山鳥飛絕，萬徑人蹤滅，孤舟簑笠翁，獨釣寒江雪。」都是由很多客觀的畫面場景疊映而成，由是我們而感受到詩中悲涼蕭颯的景況，這即是由景生情，或因象而知意的一種意象。這種詩是與那些有象而無意的詩不同的，雖然同樣都是一些客觀事物的呈現，但是經過有意安排的，譬如〈江雪〉的三個場景，幾乎都是那麼孤絕，三種孤絕疊加在一起而形成一個大的悲涼蕭颯的景況。

詩中經營意象的方法還很多，譬如評論家蔡元煌就曾主張以經驗主觀化的超現實主義來營造意象，而洛夫、瘂弦、商禽、羅門都是此中能手。但是只要一提到「超現實主義」或「超現實手法」，常常被人視為洪水猛獸，詩一進入超現實便會光怪陸離，使人莫知其所以。其實，這只是表現手法高明不高明的問題，以及讀者肯不肯好好去讀的問題。超現實主義手法的最大目的是要表達對事物的獨特體認，而喚起讀者進入一種未曾經驗過的全新經驗。這與意象的要求富創造性、有新鮮感是相通的。超現實主義所創造的意象有矛盾的意象，有意不明的意象，出現後失去方向的意象，表現幻覺的意象，抽象具體化的意象，否定物質自然特性的意象，引人發噱的意象等等。朱光潛說：「培養文學趣味好比開疆闢土，須逐漸把本來非我的征服為己有。」我們讀超現實主義的詩應有這種開疆闢土的勇氣。

用對比的方法也能構成很好的意象，它是把兩種完全相反的景象或感觸並置，而產生出一種感人的意象來。譬如杜甫的「朱門酒肉臭，路有凍死骨」，將貴戶豪門的奢侈和人民的飢餓悲情作對照。又譬如高適的〈燕歌行〉有兩句「戰士軍前半生死，美人帳下猶歌舞」，將戰場和後方的情景作對照。我們現代詩也有這種寫法，譬如洛夫的名詩〈剔牙〉：

中午
全世界的人都在剔牙
以潔白的牙籤
安詳地在剔他們潔白的牙齒
依索比亞的一群兀鷹
從一堆屍體中
飛起
排排蹲在
疏朗的枯樹枝上
也在剔牙
以一根瘦瘦小小的肋骨

這是將世界的富有和世界的貧窮作強烈的對比，給人一種非常駭人的印象，也製造出一極為新鮮感人的意象。英國現代詩人奧登說：「平庸詩人與偉大詩人不同之處，是前者只能喚起我們對許多事物的既有感覺，但是偉大的詩人卻使我們如夢初醒的，發現從未經驗過的感覺。」我的觀察是所有的詩都應該是一種創作，真正創造出來的作品，不是因襲、仿製，或自作應聲之蟲（這句「自作應聲之蟲」是錢鍾書在所著《談藝錄》中批評陸放翁作品常常意象重複使用，所下的一句重話）。自能給人一種新的經驗、從未有的感覺。詩人羅門曾經認真的說：「詩如果沒有意象，詩會餓死。」可見詩要豐富，必須要靠意象來充實。意象是詩中的繁花，沒有它，詩便美不起來。

零碎思想談小詩

小詩這個名字，好像從來沒有正式存在過，文學史和詩史上也從來沒有記載，從前的詩只有新詩、舊詩之分。舊詩裡面有五言、七言，現代詩裡面也沒有理論談及小詩，直到近代這些年，小詩才有人正式提倡，出過好幾本小詩選。

關於小詩二字的由來，我從古典裡找到一點點線索。宋朝的黃山谷對同時代王荊公的詩十分欣賞，曾經講過一句話，說王荊公（王安石）「暮年做小詩，雅麗精絕，脫出流俗」，黃山谷所指的小詩就是王安石的一些五言、七言絕句。以此看來，所謂的小詩，大概就是絕句之類的暱稱。不過我們從其他類的詩詞中，也可歸類出一些小詩來，譬如漢魏的一些稿砧詞、團扇詩，南朝的一些小曲——如〈採蓮謠〉，晚唐時的花間小令，都可以算是小詩系列。整個而言，我們中國可以說是小詩的民族，任何地方都有小詩出現，對聯也是小詩，舊時政府的政令宣傳，也是簡短幾句詩寫出來的。甚至過去枕頭上繡的字「春眠不覺曉，處處聞啼鳥」，茶杯上燒的字「一片冰心在玉壺」，這都是小詩的展現。

短短的小詩還可以做什麼用呢？比如說古時候做官的，自己在京城，太太留在家鄉守著產業，相隔千里萬里，好多年都難得見一面，那時候又沒有電話，太太只好寫一首短短的小詩寄意。在我的家鄉湖南洞庭湖畔，有一個劉姓女子，她先生葉正甫在朝廷裡面做官，那時候在外做官的人，所有的衣服都是家裡面做去的，每到一季就要寄些衣服或請人帶些衣服去。這一年冬天，劉氏又做了一些冬衣寄去，附了一首小詩，非常非常有感情：

情同牛女隔天河，又喜秋來得一過。
歲歲寄郎身上服，絲絲是妾手中梭。
剪聲自覺和腸斷，線腳那能抵淚多。
長短只依先去樣，不知肥瘦近如何。

這首詩翻成白話是：我們兩人好像牛郎織女樣隔著天河那麼遙遠，可喜的是秋天來了，一年又將過去，我每年寄給你的衣服，一絲一縷都是我親自用梭子織出來的，我在剪裁衣服時，每剪一刀就好像剪斷我的腸子一樣的痛苦，線腳也比不上我流的淚水那麼多，你看我多傷心，我好想你。你離家這麼久了，我只能依你離開時的樣子來剪裁。你現在到底是胖了還是瘦了，衣服合不合身呢？

這種以詩代信寫得多麼委婉感人！還有一位名叫陳玉蘭的軍眷，她的丈夫王駕在好遠好遠的新疆戍守邊防，多少年都見不到一面，寫一封信也得走上半年一年才到。她也是每年縫些衣服寄給她丈夫。有一年她附了一首七言絕句：

夫戍邊關妾在吳，西風吹妾妾憂夫。
一行書信千行淚，寒到君邊衣到無？

這首詩更短，情卻更長了。尤其寫到「寒到君邊衣到無」，更顯得這位妻子的關心倍至。

像這種短詩，由於行少字少，可以說讓一個詩人所發揮的空間非常有限，所以寫小詩對一個寫詩的人是一個很大的考驗。宋朝的詩人楊萬里就講過「五、七言絕句，字少而難工」，所以小詩是非常難寫的！

然而文學革命改用白話寫詩以後，詩要寫短更難。從前詩有格律，講求音韻，字數行數規定得死死的，詩不短不小也不行。現在講究自由了，詩變成由內容來決定形式，詩人一動筆就一瀉千里，盡興為止。再加上現在入詩的材料比以前豐富萬倍，要關心、要動情的思緒複雜萬分，詩豈止是三五行、三五個字所可表達，所以現在的小詩或短詩更難寫了，往往寫出來的不是幾行策勵人生的警句，便是三幾句看似美麗的散文，離詩差很遠。

小詩難寫係由於沒有一定的形式。新詩革命以後，日本的俳句、印度泰戈爾的短詩曾經入境影響我們一些詩人。像百歲老詩人冰心女士年輕時就曾受泰戈爾的影響，寫過極短的詩《春水》、《繁星》兩本詩集，這大概是現代小詩的始祖，但冰心老人自謙那是一些零碎的思想。民國二十年左右，周作人曾經提倡寫小詩，認為一到四行的新詩都是小詩。他說我們生活裡會有些突然浮現心頭又突然消失的感想，把它即時抓住寫出來就是數行小詩。大陸上曾經出現過一本《中國當代抒情小詩五百首》，裡面所選都是八行詩，以兩個四行的形式出現，而且寫得很規律，好像是古詩中的七律、五律一樣。臺灣最早的一本《小詩三百首》，主編羅青認為小詩的規格最多十六行。稍後張默編過一本《小詩選讀》，所選四十幾個作家裡面都是十行以內的作品，只有一個人超出了兩行。我和白靈編的《可愛小詩選》則打破成規，以字數「一百」字為選小詩的標準，認為小詩的字數多寡才重要，而非行數。因每行字數一多，非「小」字所能負荷。以「字數」限制當作小詩寫得妥貼與否的標準，遠比「行數」設限彈性更大。

對於小詩應有的特質，羅青認為應該是「麻雀小宇宙」，麻雀雖小，五臟俱全。張默要求小詩應晶瑩剔透。另外詩評家李瑞騰認為小詩應是「語近情遙，含吐不露」，而且認為小詩有二十行也不算多。我記得古詩的詩法裡有「片言明百意」之句，王維論畫有「咫尺之圖，寫千里之景」的要求。我認為小詩也應該是這樣的。因之我主張小詩應用意象來表現，而非散漫的敘述語言。只有意象才能約束句長，只有意象才能深化字少的詩內涵。

下面我介紹為大家所肯定的一些小詩。首先我推薦艾青寫的〈礁石〉：

一個浪一個浪
無休止的撲過來
每個浪都在他的腳下
被打成碎沫散開

它的臉上和身上
像刀砍過的一樣
但它依然站在那裡
含著微笑看著海洋

他這首詩是詠物詩，詠物詩是藉物的某些內在、外在的特徵來寄託、象徵和類比人的情志品格。這首詩即是拿礁石的堅忍來表現自己，表示他就像礁石樣不畏懼一切的站在這裡，站成一個勇敢的形象。

早年即是現代派大師的卞之琳，有首非常出名的小詩〈斷章〉，已經上了某些國語課本，這首詩只有四句：

你站在橋上看風景
看風景的人在樓上看你
明月裝飾了你的窗子
你裝飾了別人的夢

這四句詩有人說它好像是情詩，余光中還寫過一篇很長的文章，認為這是一首頗富哲理的作品。我在一九九一年到北京去拜訪卞老，曾經請教他寫這首詩的動機。老人說他是在民國二十四年十月寫下這首詩，寫的意圖是要表現出這人世間的人與人之間、事物與事物之間所發生的關聯。你在看人，也有人在看你。你說明月裝飾了你的風景，事實上你也是風景裝飾了別人。他就是寫這種關聯的感覺。我拿唐代詩人姚合寫的〈遊天台上方詩〉：「曉上上方高處立，路人羨我此時身，白雲向我頭上過，我更羨它雲路人。」問這首詩與他的〈斷章〉是否有意境相同之處，他說古今的人都生活在同一世界，世事也都是重演，難免會發出相同的感慨！

大陸上有位老詩人魯藜，他有首詩名叫〈泥土〉，非常有名，讀起來使人有很大的啟示。他說：

> 老把自己當作珍珠
> 就時時有怕被埋沒的痛苦
> 把自己當作泥土吧
> 讓人把你踩成一條道路

泥土和珍珠價值天壤之別。我們常常看重自己，總認為自己是珍珠，時時想炫耀，唯恐被埋沒。為什麼不把自己低估一點呢？當作泥土，被人踩成一條道路，不也是一樣偉大嗎？這首詩是叫人有所選擇，別把自己看得太重要。

大陸上的朦朧派詩人顧城寫過一首只有兩行的小詩〈一代人〉，曾經為人傳誦：

黑夜給了我黑色的眼睛
我卻用它尋找光明

這首詩令人有很多想像。顧城曾經是大陸十年文革的過來人。什麼是黑夜？當然是指十年文革那不見天日的反常日子。黑色的眼睛是指受文革迫害的眼睛，看不見天日的眼睛。前後兩個「黑色」的運用暗指一種因果的關係。因為有黑夜所以有黑色的眼睛，黑的因結黑的果。用黑的眼睛尋找光明，暗示希望的追求。

關於黑夜，我也寫過一首小詩。詩人李魁賢曾經大為讚賞。大陸山西省的《語文報》曾經有人撰文賞析。那是一份發行全大陸各級學校的報紙，看到的人很多。詩是這樣寫的：

夜已頒下
黑色的禁令

只有燈
走出來
敞開的談論
光明

黑色的禁令，你說它是戒嚴也好，白色恐怖也好，總之是令人心生畏懼。誰最勇敢？只有燈敢走出來大放光明。據他們分析，用得最好的兩個字是「頒下」，因為夜跟黑色都是虛的東西，「頒下」把它們實體化了。「敞開」更是用得很強烈，如果用「大放光明」就是散文的描寫。《中央日報》的「中學國語文」專刊中，張春榮教授在談詩的比擬時，認為這首詩將燈擬人，別具理趣。

旅美的小詩名家非馬寫過很多膾炙人口的小詩。他寫小詩的要求是要給人一種衝擊，所以他的出手很有力，意象準又狠。他有一首詩叫〈戰爭的數字〉，非常有意思。一場仗打完之後，敵我雙方都要發表戰果，他說：

雙方都宣稱
殲敵無數

雙方都宣稱
我方無損失

誰也搞不清
這戰爭的數字
只有那些不再開口的
心裡有數

這是一首諷刺戰爭殘酷的詩，敵我都在誇張戰果。誰知道得最清楚呢？當然是那些戰死的人，可是他們都不能說話了。所以戰爭始終是一筆糊塗帳，誰也算不清。好戰的人看了這首詩，應該知所警惕。

談了這麼多，都是些很陽剛的詩，現在再來介紹一些比較輕鬆，比較人性化、生活化的詩。我們古詩裡面李商隱的名句「春蠶到死絲方盡，蠟炬成灰淚始乾」，可把人間兩情相愛的堅貞寫得淋漓盡致了，從古到今的情人們無不拿這兩句詩自勉勉人的。但是我們的新詩怎麼寫愛情呢？最有名的一首詩叫做〈甜蜜的復仇〉，是現在在法國的女詩人夏宇尚在臺灣時寫的：

把你的影子加點鹽
醃起來
風乾
老的時候
下酒

同樣是寫刻骨銘心的愛，愛得要死的愛，海枯石爛的愛，夏宇這個寫法是新鮮的，意象的取用是前所未有的，表現的語言是家常生活的，這就是現代詩，而且是光鮮可口的現代詩。

還有一位女詩人陳斐雯，凡屬喜歡現代詩的幾乎無人不知，她寫的〈地球花園〉和〈養鳥須知〉已被列為重視環保、關懷地球的代表作。但她的真正傑作還是小詩。她有一首叫做〈纏〉，纏綿的纏，也是寫情的：

昨日與今日

你們的吻別
何其冗長
難道
真的沒有傷口
能夠痛裂你們？

這首詩看似平淡的寫昨日和今日的密不可分，這本是天道循環的普遍真理，但是拿來看人與人之間的親密（吻）到難捨難分，就不想到你們之間就真的沒有任何可以引起決裂的嫌隙（傷口）嗎？這一問中有驚詫也有羨慕。這樣的寫法也是頂新鮮的。

詩人管管是個非常戲劇化的人物。他回大陸之後，看到老家什麼都沒有了，回來之後寫了一首詩叫做〈房子〉，也是非常戲劇化：

那一間
住過元朝
住過明朝
住過清朝

住過民國的
房子
如今
住了一房子的
草
也好

這最後一聲「也好」透露出多少無奈無助的心聲。這看似非常散漫平淡的小詩壓縮了多少傷心情懷進去，看後多麼令人沉重。

在我和白靈編的《可愛小詩選》裡，我們選了山東詩人桑恆昌的〈觀海有感〉打頭陣。這首詩一共四行才十四個字，真是小得袖珍：

網老了
魚還年輕

船年輕
海卻老了

這首句法簡單的詩卻在老與年輕上作了反覆辯證。將無常與極端間的變化和不確定的對應用形象比配出，可以看出世事就是這樣生生不息的。這首詩已有廣告詞在模仿，可見其受歡迎的程度。

女詩人張芳慈的小詩〈苦瓜〉是最受中年媽媽們喜愛的一首詩，因為它非常生活化、趣味化，寫出了中年女性的心境，看後無不會心一笑，好像深具同感：

走過
才知那是中年
以後弄皺了的
一張臉
凹的　是舊疾
凸的　是新傷

談笑之間
有人說
涼拌最好

涼拌苦瓜是近些年的一道流行菜，想不到也會流行到詩裡面。可見現代的詩材俯拾即是，只要用得恰當，都可為詩增光。

臺語歌曲有首「雙人枕頭」非常流行，現代詩裡有首〈雙人床〉也頗受重視，這是學戲劇的詩人焦桐寫的：

夢那麼短
夜那麼長
我擁抱自己
練習親熱
好為漫漫長夜培養足夠的勇氣
睡這張雙人床

總覺得好擠
寂寞佔用了太大的面積

這首詩語意非常淺，不過是寫一個單身漢孤夜無伴獨眠的身心狀況。但他沒有俗氣的形容如何寂寞孤單，而是把本來的空曠雙人床說成覺得好擠，而擠的原因是寂寞佔用了太大的面積，這樣把空幻的寂寞化成了像實體的巨人，也就顯得寂寞威脅之大了。

大陸天安門事件的第二年，我寫了一首詩叫做〈痰〉。這詩發表之後，人家說是我對天安門事件有些感觸而寫的。事實上我不是，我是聽到有人到天安門廣場的毛澤東紀念堂參觀回來說：「我到那裡去吐他一口痰才回來的。」我就是由這口痰寫成這首詩：

奮力啐出的
一口痰
噹的一聲
落在天安門的某層石階上
有人用眼睛說

好險哪
一枚憤怒的子彈
走了四十年
還不會轉彎

這個人為什麼到天安門去奮力啐出一口痰？因為積憤了四十年，痰就像子彈樣卡在喉嚨裡想一吐為快，這口蓄積了四十年能量的痰，就是四十年時間都消化不了的恨，力道是非常強勁的，當然會噹的一聲響，當然不會轉彎。這首詩發表出來以後，有位從大陸出來住在美國的詩人寫了一篇文章來讚美這首詩，題目叫〈好厲害的一口痰〉。

根據我的經驗，我認為寫詩絕對不是單純將事件或經驗直接呈現，而是要將之加工處理成為一種藝術品。如果直接寫出來那就是散文了。譬如剛才我講的憤怒，憤怒是空幻的情緒，直接去寫頂多是一大堆的形容，非常抽象。我用一枚子彈，用一口痰把它形象化，而且動作化。憤怒就有具體感了。這就是我在前面所強調的詩要用意象來表現，立象才能盡意。

現在的詩很紊亂，無論詩人怎麼寫都會稱之為詩，很多人都分不出詩的真假好壞，所以乾脆敬詩而遠之。但是小詩不一樣，由於它短小，一眼就看完，真假好壞立刻可以分別得出來，絕對不易上當。所以我建議大家想讀詩就先找小詩來讀；想寫詩就先學寫小詩。

以詩為本的臺灣散文詩

在臺灣，散文詩是一種高貴的文體，很多詩人都不敢貿然高攀，唯恐玷辱了詩神。其所以高貴是散文詩始終妾身未明，到底是詩還是文，還是像燦麗的黃昏一樣，彌留於下午與夜的可疑地帶？因此在臺灣寫散文詩的勇者很少，因為大家拿捏不定。有些詩人在剛寫詩時，會去嘗試寫散文詩，編刊物的人也會把它放在詩創作那一欄，但都不標明那是散文詩，只承認那也是詩的一類。在中國大陸，也曾為散文詩到底屬於詩還是散文起過爭執，最後妥協是散文詩既不屬於詩也不屬於散文，是另外一種獨立文體，就稱散文詩。因之大陸有專屬的散文詩刊、散文詩集詩選，還有全國性的散文詩歌團體，散文詩的推行不遺餘力，甚至鼓勵政府的政令宣傳、公文書都以散文詩的方式書寫，以增加親和力，這都是因為散文詩已成為一種獨立文體，寫的人不必瞻前顧後。

臺灣散文詩的幾種不同界定

臺灣的散文詩雖然並不發達，甚至在五〇年代，臺灣現代派成立時，曾經主張要向西方自波特萊爾以降的一切新興詩派學習，但自西方傳過來的散文詩也並不十分反應熱烈。我們知道法國詩人波特萊爾本是散文詩的鼻祖，但是主張要向波特萊爾以降一切新興詩派學習的臺灣現代派創始人紀弦，反而主張取消「散文詩」這一名稱。他在一篇〈現代詩是邪惡之象徵〉的論述裡說：「我早就主張散文詩這一名稱的作廢，因為它的概念模糊，界說不清，很容易和『詩的散文』相混淆，而造成一種誤解。則詩人和散文作家也就變成同行了。事實上，散文詩就是自由詩，自由詩就是散文詩。但在批評立場上，為了處理的方便，名詞術語的使用實有統一和單純的必要，所以我乾脆取消『散文詩』一詞。這叫做快刀斬亂麻，作為『散文詩』之對稱的『韻文詩』，當然也就用不著了。」紀弦當年高擎現代主義的大纛，主張捨「韻文」而取「散文」，捨「格律詩形」而取「自由詩形」，俾進入一個「自由詩」的全盛時期，因此認為無再有「散文詩」的必要，因為自由詩已將散文詩包括在內。當然紀弦這一主張純然是讓名詞統一，便於界說，並沒涉及散文詩的真正應具特質。雖然也是一種自由詩體，為什麼會冠上散文這一屬性，他並沒有指出來。

對於「散文詩」這一特定詩型提出解釋的還有中生代詩人羅青，羅青曾將所謂的「散文詩」稱之為「分段詩」，以之與一般形式的「分行詩」有所區分。當然這也只從形式上去作類比。後來將羅青這種分類法加以引申的是大陸詩評家古繼堂，他在所著《臺灣新詩發展史》中說：「詩有分行詩，也有分段而不分行的詩。但它和散文詩又不盡相同。從內容上看，散文詩更接近散文，而這種分段詩卻更接近於分行詩。為了區別起見，不妨把它和分行詩對稱為分段詩，這種詩顯然比分行詩自由些，段的容量也更大些。」當然，古繼堂也仍然是在詩的形式上作區別。

臺灣另一中生代詩人兼批評家蕭蕭認為「散文詩」指的是詩的外在形式，而非詩的語言。他說現代詩使用的語言無一不是散文，既不對仗，也不押韻，更非文言。因此他認為所謂「散文詩」的實際意涵是為了有別於一般現代詩的分行形式而言。蕭蕭這段話其實也是羅青對散文詩看法的延續，只是有別於分行詩的形式而言。而所說散文詩的語言無一不是散文，也有點對紀弦所認知的散文詩就是自由詩相呼應。但是蕭蕭既談到詩的語言，並沒有把什麼是詩的語言說出來，反而說現代詩使用的語言無一不是散文，就有點把詩的語言和散文的語言混同了。我認為要肯定散文詩仍然是詩，一定要從語言上去辨識。也就是從詩的內涵或本質來決定，形式只是一種包裝而已。

幾位傑出的散文詩人

現在我要舉出幾位臺灣公認散文詩寫得夠分量的詩人以及他們的作品。從幾位詩人的散文詩中，看出他們散文詩的語言特性。

魯蛟的〈鳥事三首〉是早期不以散文詩為名，而在一般詩中出現的以散文形式寫出的詩。每首字數不超過一百二十字，等於一首十行左右的分行詩，首先它符合詩應精鍊的原則。〈鳥事〉的第二首是這樣寫的：

> 電視機裡播映著一部情況激烈的戰爭長片，一些奇形怪狀的槍砲聲便在電視裡喊成一團。所有的槍砲都有一張巨大的嘴巴，嗓門高，性子急，一群群的生命被喊倒了。只有「死亡」還活著。
>
> 這畫面被對面樓頂上的那群鴿子看到了，牠們立刻便從籠子裡鑽出來，一齊排列

在樓頂的欄杆上，朝著那架電視機便拚命的咕嚕起來。

這首詩雖然是以散文的句法在述說一段短短的事故，然而它的象徵意義已經不是區區鳥事，而是人間大事，說穿了它是反戰的。鴿子不是和平的象徵麼？這裡好像是戰爭與和平對立的味道。〈鳥事三首〉都用平淡無奇的語法，但並不淺薄。結構簡單，但不會沒有深度。除了形式是散文，內涵卻是詩的表現。魯蛟是最早加入現代派的八十三位成員之一，至今創作不斷，但早已不再嘗試寫散文詩。

臺灣寫作散文詩的人，一般最受推崇的是商禽和蘇紹連二位。商禽與散文詩的淵源甚深，據他自己說抗日戰爭勝利前夕，他在軍旅中就讀到魯迅的散文詩集《野草》，視若珍寶，愛不釋手。因此有人說《野草》是商禽文學夢土上的第一場春雨。來臺後，他成為紀弦現代派成員中的大將。他的第二本詩集《夢或者黎明》五十八首詩中，有四十一首採用散文詩的形式。不過雖然採用散文的形式，表現技巧卻迥異於一般的分行詩。商禽寫詩自始即是一個超現實主義的服膺者，他的詩廣泛採用超現實技巧，散文詩也不例外。超現實主義寫詩的特徵之一就是特別注意意象的創新，主張以精簡的意象語言代替平白的散文語言，事實上與我國古典詩的鍛字鍊句並無二致。散文詩和超現實主義手法本來都有很多爭議，商禽將兩者匹配，不知情者以為這是詩的鋌而走險，其實卻為臺灣的散文詩打開一條新的出路，使得散文詩十足具詩的本質，而非散文的分身。瘂弦曾經認為商禽的一首散文詩〈冷藏的火把〉，很明顯受了魯迅《野草》集中〈死火〉的影響。其實不然，現將兩首詩分別列舉，以作比較：

冷藏的火把

深夜停電飢餓隨黑暗來襲，點一支蠟燭去冰箱尋找果腹的東西。正當我打開冰箱覓得自己所要的事物之同時突然發現：燭光、火焰珊瑚般紅的，煙長髮般黑的，只是，唉，它們已經凍結了。正如你揭開你的心胸，發現一支冷藏的火把。

死火

我夢見自己在冰山間奔馳。

這是高大的冰山，上接冰天，天上凍雲瀰漫，片片如魚鱗模樣。山麓有冰樹林，枝葉都如松杉。一切冰冷，一切青白。

但我忽然墜在冰谷中。

上下四方無不冰冷，青白。而一切青白冰上，卻有紅影無數，糾結如珊瑚網。我俯看腳下，有火焰在。

這是死火。有炎炎的形，但毫不動搖，全體冰結，像珊瑚枝；尖端還有凝固的黑煙，疑這才從火宅中出，所以枯焦。這樣，映在冰的四壁，而且互相反映，化為無量數影，使這冰谷，成為珊瑚色。

哈哈！

當我幼小的時候，本就愛看快艦激起的浪花，洪爐噴出的烈焰。不但愛看，還想看清。可惜他們都息息變幻，永無定形。雖然凝視又凝視，總不留下怎樣一定的跡象。

死的火焰，現在先得到了你了！

我拾起死火，正要細看，那冷氣已使我的指頭焦灼；但是，我還熬著，將他塞入衣袋中間。冰谷四面，登時完全青白。

我一面思索著走出冰谷的法子。

我的身上噴出一縷黑煙，上升如鐵線蛇。冰谷四面，又登時滿有紅焰流動，如大火聚，將我包圍。我低頭一看，死火已經燃燒，燒穿了我的衣裳，流在冰地上了。

「唉，朋友！你用了你的溫熱，將我驚醒了。」他說。

我連忙和他招呼，問他名姓。

「我原先被人遺棄在冰谷中。」他答非所問地說：「遺棄我的早已滅亡，消盡了。我也被冰凍凍得要死。倘若你不給我溫熱，使我重行燒起，我不久就須滅亡。」

「你的醒來，使我歡喜。我正在想著走出冰谷的方法；我願意攜帶你去，使你永不冰結，永得燃燒。」

「唉唉！那麼，我將燒完！」

「你的燒完，使我惋惜。我便將你留下，仍在這裡罷。」

「唉唉！那麼，我將凍滅了！」

「那麼，怎麼辦呢？」

「但你自己，又怎麼辦呢？」他反而問。

「我說過了，我要由這冰谷……。」

「那我就不如燒完！」

他忽而躍起，如紅彗星，并我都噴出冰谷口外。有大石車突然馳來，我終於輾死在車輪底下，但我還來不及看見那車就墜入冰谷中。

「哈哈！你們是再也遇不著死火了！」我得意地笑著說，彷彿就願意這樣似的。

一九二五年四月二十三日

從形式上看，魯迅的〈死火〉共計耗費掉一千一百餘字，而大量的形容子句及敘述語言，尤其後半部使用對話的方式來辯證，雖然全篇運用了一點象徵技巧，但仍然接近散文的格局，完全不合詩應緊凝的要求。而商禽的〈冷藏的火把〉就精巧多了，才一百零三字。只是經由一個簡單事象的切片，然後立即出現一個突然的感悟，使抽象的事物變為具象而生動，而突出詩的言外之意。這才是詩語言的有效掌握，也才能使散文詩仍具詩的本性，而不偏向散文。

在臺灣寫散文詩足堪和商禽並駕齊驅的是蘇紹連。他是臺灣青壯一代詩人中創作力始終綿延不絕的一位。他的詩語言風格詭譎多變，敢於做各種嘗試，散文詩尤令人刮目相看。從一九七四年八月到一九七八年二月，三年半的時間，他創作了六十首散文詩，稱之為《驚心散文詩》，引起詩壇的側目，推舉為無法仿學的曠古佳構。其難以仿學的原因在於六十首詩都意象創造翻新靈動，象徵、暗示，甚至超現實技巧的演出令人怵目驚心。他有一首早就倍受好評的散文詩〈七尺布〉可用來看出他寫散文詩如何把詩的語言把握得恰到好處：

母親只買了七尺布，我悔恨得很，為什麼不敢自己去買。我說：「媽媽七尺布是不夠的，要八尺才夠。」母親說：「以前做七尺都夠，難道你長高了嗎？」我一句話也不回答，使母親自覺地矮了下去。

母親仍照舊尺碼在布上畫了個我，然後用剪刀慢慢地剪，我慢慢哭，啊！把我剪破，把我剪開，再用針縫我，補我……使我長大。

〈七尺布〉直起直落緊扣主題，以布的尺短來對比身材的長高，反映出天下母親眼中的兒女是永遠不會長大的私心；接著以剪布縫衣的場景，又透露出母親縫縫補補實際無非是希望兒女長大的宏願。這樣一百四十字左右的分段詩，實際是言簡意賅的，是極富語意張力的。詩的最基本要求是要用最少的文字飽含最豐富的意思，蘇紹連的散文詩幾乎每首都有此基本特質。

朝以詩為本的散文詩發展

詩和散文本是兩種對立的文體。詩要緊凝，散文不忌鬆散。因之要寫成一首不會讓人懷疑仍是散文的散文詩，實在難以拿捏。不過根據商禽、蘇紹連散文詩寫得比較成功的例子，可以看出欲使散文詩仍具外形凝鍊、內含深永的詩的最低規範，非得使用既能精簡文字，又能深造內涵的意象語言不可。如果仍用浮淺平白的敘述性散文語言，寫出來的散文詩恐怕仍是平面的散文，而非立體的詩。臺灣的散文詩雖不發達，但似乎敢於嘗試的人都基本認知散文詩仍應是詩，絕非散文的分店，也都是朝這個方向在努力。

不朦朧，也朦朧

——評古遠清的《臺港朦朧詩賞析》

一九九一年七月廿五日廣州出版的《華夏詩報》第五十九期上，在「詩壇現況追蹤」專欄，一位南鄉子先生寫了一篇〈在「港臺熱」的背後〉，就大陸的「詩的港臺熱」所出現的一些怪現象，作出長篇的報導和慨嘆。其中有關大陸評介港臺及海外華人詩作方面，有這麼一段描寫：

就評介而言，如果是出自嚴肅認真的研究港臺及海外華人作品，作出公允的、有見地的評介，使港臺以及大陸詩作者有所借釜，或從中引出教訓，有所教益，這當然是一件好事。這些年，確也出現過一些較有質量的評論，但是，時下有些詩評者熱衷於評介作品卻另有動機……有些評介就是不作深入的學術研究，而是靠一些表面的，過時的，二三手材料東拼西湊，濫發議論。本來只屬一般詩人，卻動輒冠以「著名詩人」的桂冠，甚至說他的詩字字珠璣，已成了什麼「主義」的代表，而其「主義」又是「閃耀著對時代光芒的傳統美」！有的又言之謂「中西技藝交融」，真讓讀者不得要領。有的甚至盲目的，毫無根據的說對方是「超越政治」的、為對方貼金，如此等等，總之是見一個，評一個（準確的說是捧一個，拉一個）。對有些詩，有不少膚淺之作，卻在引經據典，說得神乎其技，成了「佳作」、「傑作」，使一些港臺詩人看了，也頗有煩言，說：「太離譜，太離譜了！」

這篇文章到臺灣後，確實使我們這些在臺灣的詩人開了眼界，也才知道臺灣詩人一下子就在大陸走紅或出名，原來是在這樣的一種推銷手段下所達成，真是令人啼笑皆非。但因為當時這些所謂評介尚未傳來臺灣，也就無從共賞。同時心裡多少還有點疑問，莫不是南鄉子先生出於一種吃味心理，而作出這種無情的撻伐？

經過這兩年的交流，這些評介文字都已印成書，一本本都傳到臺灣來了，誠如南鄉子先生所言，我們在臺灣的詩人看了真的都不禁要嚷「太離譜，太離譜了！」豈止是離譜，有的簡直是荒謬得妙不可言。譬如其中竟然還有硬與臺灣詩人攀親帶故，寫出雞兔同籠式的所謂賞析文字。

試拿一九八九年四月由廣州「花城出版社」出版，署名古遠清所編選的《臺港朦朧詩賞析》，以及續後由同一人編選，於一九九一年三月在「河南人民出版社」出版的《臺港現代詩賞析》兩書為例，可見其捧、拉和亂搞關係的一斑。

誰都知道所謂「朦朧詩」在大陸根本就是一個對詩污蔑的稱呼。在大陸一貫教條式的文藝政策下，被稱為「朦朧詩」的不但被批判有負面意義，甚至會作為攻擊鬥爭的口實，還可能冠上「化大眾」、「精神污染」的罪名。在大陸文學批評界早把「朦朧詩」作為「古怪詩」的同義字，並批判成為中國現實主義詩歌傳統的一股逆流。好多所謂「朦朧詩人」就是這樣被打擊得抬不起頭來，甚至亡命海外。

也許是這位寫賞析的先生對他們所謂朦朧詩有所偏愛，有心要將朦朧詩平反吧？也或許是為了相反的理由，證明朦朧詩的其來有自，這種精神污染的罪魁禍首是來自海外臺灣，臺港詩人早就是寫朦朧詩的老手，於是迫不及待的，抓了幾本臺灣出版的詩集或詩選，就炫耀似的編寫起這本所謂《臺港朦朧詩賞析》起來，以證明他對「朦朧詩」的權威，更表示他對臺港詩人社會的了解。更舉證朦朧詩的始作俑者並非大陸詩人。

這本所謂《臺港朦朧詩賞析》裡，一共賞析了臺灣詩人廿四位，香港詩人六位。臺灣詩人的作品有幸被賞析的包括已經作古即將三十年的覃子豪，寄寓美國多年的紀弦、鄭愁予、林泠、夏菁、楊牧、葉維廉、非馬，其次才是真正在臺寫詩的羊令野、周夢蝶、余光中、洛夫、羅門、蓉子、管管、張健、林亨泰、商禽、白萩、辛鬱、席慕蓉、馮青、施善繼。我們看到這些入選詩人的名字，就可知道寫賞析的人對臺灣詩的面貌真的一無所知，根本是在故入人罪似的胡編亂湊，這些詩人中至少有三分之二以上的人，他們的詩風不但不是如大陸所謂的朦朧古怪，而且還清純剔透、古典莊重得一直讓人稱頌。就是幾位追求現代精神的詩人，他們也只求詩的含蓄昇華、精鍊純粹，豈可擅加朦朧的帽子？

當然，為了臺灣也有朦朧詩的罪證確鑿，在這本賞析的前言裡，賞析者還特別為臺灣也有朦朧詩編了一段歷史，他這麼說：

> 在臺灣，大量的「朦朧詩」則產生在五〇～六〇年代。不過，臺灣從一九五三年紀弦創辦刊物起，並未有過「朦朧詩」的稱謂，只有「現代派」、「現代詩」的說法，而「現代詩」在現在的大陸詩壇，被許多人認為是「朦朧詩」的同義語。所以這本小書叫《臺港朦朧詩賞析》，還不至於離弦走板。更何況臺灣著名詩人覃子

豪早在他的《詩的藝術》中，就曾多次論述過朦朧美。……更何況臺灣的現代詩，是彼島在政治、經濟方面依賴西方社會的一種反映，是對五〇年代「戰鬥文學」的一種反叛，它的存在自有其合理性。

在此我們就可看出賞析者對詩的認知非常淺陋，既不了解什麼叫做「朦朧詩」，更對現代詩不盡了解，反正手法新、技巧現代、表現的內容是他所從未見過的，都被打成「朦朧詩」，故而臺灣從五、六〇年代開始的現代詩就被認為是「朦朧詩」，臺灣的現代詩人都成了朦朧詩人。覃子豪先生所論述過的朦朧美，成了臺灣也有「朦朧詩」的主要佐證，他從來也沒研究過「朦朧美」是怎樣的一種美，所謂的「朦朧詩」又是怎樣的一種朦朧，就拿這兩者相提並論。這樣豈止是離弦走板，簡直是荒腔走板，不倫不類。

現在且引幾段賞析的話來證實賞析者對詩認知的差距：

大凡朦朧詩，均籠罩著一種夢的氛圍，此詩便是如此。

這是對覃子豪先生很早期的一首小詩〈夢話〉的關頭幾句評語，這首詩只有六行：

每天早晨
海姑娘要叫我醒來

不住地在我窗前呼喚
她要我同她一起玩
她要把她在昨夜說過的
向我再重說一遍

這裡暫且不對「大凡朦朧詩，均籠罩著一種夢的氛圍」這句話是否周延提出質疑，只是這麼明白曉暢，任何人一看就可感受的一首小詩，竟說籠罩一種夢的氛圍，且拿來當「朦朧詩」賞析，就真不知如何說起了？最妙的是，賞析者還有下面一段圓夢似的解釋：

開頭幾句，作者以「夢話」的形式寫海浪拍擊海岸，可下面寫的「昨夜說過的」涵義是什麼，「再重說一遍」是否僅止於寫實還是有所暗示，詩人均沒有明說，而是將其藏於如夢如幻的境界中，這不僅使此詩帶有幽玄的情調，而且還富有童話色彩。

把前幾句的寫法說成「夢話」的形式已是匪夷所思，最後又說成具有童話色彩更是牽強附會。讀這種摸象似的賞析，遠不如深讀原詩，詩已足夠說明一切，這樣的旁白饒舌只有把詩說死。

由於作者沒按時間順序敘寫生活插曲，所以此詩使人感到朦朧。

這是對鄭愁予的名詩〈錯誤〉鑑定為「朦朧詩」的兩句判詞。這首詩也不過九行：

（我打江南走過
那等在季節裡的容顏如蓮花的開落）

東風不來，三月的柳絮不飛
你底心如小小的寂寞的城
恰若青石的街道向晚
跫音不響，三月的春帷不揭
你底心是小小的窗扉緊掩
我達達的馬蹄是美麗的錯誤
我不是歸人，是個過客

〈錯誤〉一詩在臺灣流行近卅年。「恰若青石的街道向晚」、「達達的馬蹄」、「美麗的錯誤」、「歸人」、「過客」等句子隨時在被人引用。這首詩的可讀與可感也就不想而可知。

這首詩的內涵其實很簡單。只不過是某人打某地經過，對在那兒舊時情人心境的一些揣想猜度。作者很技巧的用了一連串的明暗喻形成的美麗意象，把詩的意味作了比較曲折的隱藏。但是賞析者不諳此法，又不深思，賞析出來的結果真正成了一連串的「錯誤」。

首先他認為：「這首詩通過『大陸』生活一段舊情的追憶，抒寫與『親人』久別後所產生的一種惆悵心情。」把本來的普遍時空，看成了特定時空，愛情誤成了親情，相思想成了惆悵。

他說：「開頭一段低兩格，是低調，寫的是事情的結局。」其實，正好相反，就如戲劇中，小說中先引的場景交代一樣，正是賞析者所指「沒按時間順序敘寫」的時序安排。

賞析者認為詩的第二段起即表現了「等待者」寂寞的心境，於是隨即開始賞析等待者——「她」的處境，「她」的悲愁，「她」的錯覺，並認為此詩有王昌齡〈閨怨〉一詩的投影，把全詩的主要人物誤成是女性的「她」，沒有看出騎馬打江南走過的「我」才是全詩的主人，是「我」在揣摩女子的內心世界，女子根本沒有出場，一切都只是畫圖捉影。

這首詩本來理路明晰可尋，經他這樣的一扭曲顛倒的賞析，反倒變朦朧了。

此詩所表現的正是血氣浮動，失去理智的年輕人所演出的「污辱婦女」的怪劇。

詩人周夢蝶在他的《還魂草》詩集第二輯〈紅與黑〉中，有一系列以月份為標題的詩，前面這句話即是賞析者對〈四月〉這首詩內容的評論。這首詩也只有十行，現在錄在後面，請讀詩的人看看，這首詩裡面是不是真有此「怪劇」：

沒有比脫軌底美麗更懾人的了

說命運是色盲，辨不清方向的紅綠
誰是智者？能以袈裟封火山底岩漿

總有一些靦腆的音符群給踩扁

——總有一些怪劇發生；在這兒
在露珠們咄咄的眼裡

而這兒的榆樹也真夠多
還有，樹底下狼藉的隔夜的果皮
多少盟誓給盟誓蝕光了
四月說：他從不收聽臍帶們的嘶喊……

解釋詩本來是一件很危險的事。把詩折散成散文解釋，只會把詩的言外之意趕殺得無影無蹤。詩是一種虛實間的遊戲，應從整體去感受，而不是逐字逐句去搜尋。周夢蝶的詩中閃爍著禪理與哲思，內心有著源於孤絕的悲苦，這種悲苦絕非現實中的風花雪月，而是心頭那口深井空落的回聲，是很難落實地去道出的。如要為周詩強作解人，結果就會出現如賞析者揑造的這種莫須有的「怪劇」。讀者讀完這首詩如果找不到其中「怪劇」的本事，下面且看賞析者怎樣繪聲繪影的演出：

大家知道，四月是春去夏來的季節。在亞熱帶的臺灣，此時刑事案件驟增，令人提心吊膽。此詩所表現的正是血氣浮動，失去理智的年輕人所演出的「污辱婦女」的怪劇。第一節寫的「脫軌」，是指脫離法治軌道。「脫離軌道」是反話，說這種行為對青年人很有誘惑力。第二、三節講的「色盲」，用我們的話來說，是指「法盲」，分不清紅綠顏色，也就是分不清好與壞，善與惡。一旦受了淫邪思想的影響，哪怕是智者，也無法控制自己烈焰般的情感。於是便有一些弱者遭受蹂躪，被「踩扁」。但這些均無法逃過人們露珠般明亮的眼睛（「露珠」還暗喻暴力事件發生在清晨的草地上）。第四節首句據香港評論家丁平先生考證，是引自美國創作家歐尼爾的名劇《榆樹下的情慾》，意指此時，此地，此事像榆樹那樣到處都是。昨夜榆樹林中遊人眾多，果皮丟了滿地。第三句寫在愛情高潮中產生的盟誓不可信，有些少女就是輕信了盟誓而受害的。最後一句借季節的口吻，沉痛地表現作者悲憫而不知所措的感嘆。

從這段賞析者自編自導自演的「怪劇」看，其目的似乎是在醜化臺灣，不在解釋詩。只是苦了周夢蝶這位代罪羔羊。大陸的讀者們會深信無疑的，因為這種文字出自所謂「研究臺港詩權威之手」。

其實這種捕風捉影、無中生有式的賞析在《臺港朦朧詩賞析》和《臺港現代詩賞析》兩書中遍處皆是，譬如把瘂弦的詩〈傘〉賞析成「作者表現這個心臟病患者的寂寞心態異常傳神」，只為詩中出現了幾次「心臟病」的字眼。又把瘂弦的〈如歌的行板〉說成「題目為『香港社會眾生相』」（此詩作於香港），因為詩中的「暗殺、謠言、馬票、溜狗、懶洋洋，揭露了香港社會污七八糟的虛偽庸俗的一面」等等，都是與原詩相去不知以道里計的謬誤。

對於大陸出現的所謂「朦朧詩」我們一向不排斥，且曾附以相當的同情。我們認為那是大陸詩的現代化必須走過的一段途程。同時，以臺灣現代詩的眼光來看大陸的朦朧詩，不但不朦朧，而且認為只是受慣桎梏一旦開放後的一些浪漫放任，並不足怪。但是把同情看成同類，這其間的差距就遠了。何況本書中所賞析的臺灣現代詩一首都不是大陸所謂的朦朧古怪，怎可貿然的放在同一天秤上來論衡，混淆讀者的視聽！

編選一部詩選或賞析某一些詩是件極為嚴肅神聖的事情，都不是隨隨便便倉促之間可以完成。除了為藝術服役，更不可以帶有其他目的。對這樣一部不負責任的詩賞析，我們在臺灣的詩人是很不以為然的。

詩的體驗和觀察

我在五十歲時，曾在那年的母親節寫了一首詩〈懷念媽媽〉，發表在報紙副刊，後來收錄在我的第五本詩集《水的回想》裡。這本詩集裡的詩多半都曾被人品頭論足，有的甚或收入到一些詩選集裡去。只有這首詩孤零零的夾在詩集的冊頁間，從未被人青睞，連一些專寫親情的詩論文字中也沒被提及過。而我自己像要照顧眾多子女的忙碌老爸一樣，也疏忽了它的存在，甚至早就忘了還寫過這樣一首詩，真是寡情得可以。

然而誰也想不到，埋藏千年的文物也有出土的一天，我的這首困居詩集中多年的詩，居然在一九九八年的母親節前選入到了一本名為《親情無價》的選集中，和司馬中原、張曉風、蘇偉貞、丘秀芷等等大名家的作品編在一起，雖然只有我寫的是其中唯一的一首詩，顯得有點孤單，但孤單得有點鹹魚翻身的成就感。

在溫和的後面表達剛健

這首詩寫得非常白。白得像是在向人談家常，沒有半點隱祕可言，和周大觀那些詩樣帶點童稚味。在一般醉心語不驚人死不休的現代或後現代詩人的眼中，我這首淺白的詩是不夠味的，甚或會不承認它是詩。這首詩的真面目是這樣的：

什麼事
都想告訴媽媽——
昨夜著涼了
鞋子有點打腳
老闆誇我好
頭髮一梳就掉一大把

什麼事
都是媽媽教的——

吃飯要端碗
走路不哈腰
常想別人好
切莫說大話……

從五歲活到了五十歲
什麼事都想告訴媽媽
記得媽媽說的每一句話
永遠也少不了媽媽
還沒有發現
誰可以代替媽媽

但是令我意外的是，這樣淺白的詩卻在《親情無價》的序言中，被瘂弦先生分析出了幾句不尋常的評價。他說：「此詩乍看全係家常語的白描，但細加體會，會發現它的內蘊豐富，形象飽滿，令人興趣盎然，玩味無窮。」當然，瘂弦先生的這段美言，多少有點替詩友打氣遮羞的用意，但是無形中卻非常諳合我一向寫詩所追求的「在溫和的後面表達剛健，在平淡的後面有一種執著」的宗旨。尤其像寫懷念母親這樣的詩，我認為絕對要用非常通俗，卻又極富深情的語言，否則我那不識字的母親哪裡聽得懂？一些平凡的天下的母親和兒女們哪能從這首詩得到啟示？如果我用的是現代或後現代那種艱深的語法。

代表一代詩藝的高峰

由於這首詩的出土，使我聯想到臺灣的詩壇，這些年來一直因詩語言深淺的問題形成的一種分割的局面。雖然看不到什麼硝煙火杖，但是私底下詩刊與詩刊之間心裡互相蔑視卻是不爭的事實。像去年（一九九七）發生的「司馬新」事件，本質上明明是你瞧不起我的詩，我也瞧不起你的詩的問題。其他的什麼獎、什麼學會都是繞著這個問題的枝枝節節。

因而真正引起我們必須去重視的癥結是，在這樣的分割局面下，用高深的語言，用意象堆砌出來的語言所寫的詩，就真正是詩壇的優勢，就足以代表一代詩藝的高峰？同樣的，用淺白的語言，用所謂健康明朗的語言寫出來的詩，就一定會為大眾所喜愛，或足以代表當下詩所應具的本性？顯然，兩方所問得的答案，恐怕都是「倒也未必」為最公允。我們寫現代詩的人一向最為推崇的美國大詩人艾略特的〈荒原〉，算是意象最為繁複，結構極為龐雜的巨構了。但是這首複雜多端的詩多少年來也一直是被人爭論的詩，美國有位詩人兼批評家溫特思（Yvor Winters, 1900–1968）即曾認為〈荒原〉是以混亂的形式來模倣混亂的時代，認為艾略特不能以形式來控制詩的材料，反而讓詩的形式屈服於詩的材料。細思溫特思的批評不是沒有道理，因為艾略特在〈荒原〉一詩中計共動用了七種文字和三十五位名家的作品，從舊約的《聖經》、梵文經典、味吉爾、聖奧古斯丁、但丁、莎士比亞、密爾頓至波特萊爾的章句，以至流行的歌劇和澳洲軍歌也都一體全收，意象的經營不可謂不費盡巧思，但他仍落得了一個讓詩的形式屈服於詩的材料的印象，可以見這種讓詩背負得這麼沉重的高深語言，仍不足以代表詩藝的高峰。

再說到詩語言健康明朗是否就足以取悅所有的人？最近大陸出現了一首五萬行的長詩，是為歌頌某一位革命元勳而寫的，論語言的健康明朗恐怕只有「無懈可擊」四字可以形容。然而這樣的詩出來之後是否就萬人爭讀，而且不忍釋手呢？答案仍是倒也未必。

至少好多位真正的詩家就嗤之以鼻。有人當著來自全世界十三個地區的華文詩人和記者，大聲的指出：「什麼五萬行長詩？明明是五萬行政治，沒有一行是詩。」有位也是北京來的年輕詩人的解釋是，這位寫長詩的作者原是寫小說的，他是以寫長篇小說的敘述手法來寫這首詩。詩用散文的敘述語言來鋪張，首先就犯了詩應凝鍊含蓄的大忌。難怪即使明白曉暢達五萬行的長詩仍不被認為是大家所要的詩了。

各種語言都會找到詩

詩是否應該環迴曲折，還是應該明白曉暢，自古以來即是一個爭論不休的問題，但是儘管爭爭吵吵了幾十個世紀，能傳留下來的詩絕對不是偏於哪一方的獲勝，而是不管使用什麼語言寫的詩，讀起來的時候「只要細加體會，會發現它的內蘊豐富，形象飽滿，令人興趣盎然，玩味無窮。」一瘂弦這幾句勉勵我的話，應該放乎任何詩的語言表現方式而皆準。條條大路通羅馬，通過各種語言都會找到詩，實在不必自認走的是陽關道，別人必定走向死胡同。李白的〈清平調〉自是環迴曲折，綺麗繁複，意味無窮。但是他的那些接近大白話的〈靜夜思〉、〈贈汪倫〉、〈山中問答〉、〈早發白帝城〉即使再過幾千年，也仍會令人念念不忘。

我對當今這種對立局面所看到的現象是：主張用高深語言，用繁複驚人的意象寫詩者，他們認為這是詩求新求變求創意的必要手段，也是詩走向最終成熟穩健的一個必經過程。他們的精神可以說是進取的，敢作敢為勇於當白老鼠的。詩的創出新局面，歷來都靠這種常被人誤為搞怪的探險家。而主張用淺白語言，用所謂健康易懂的語言寫詩者，則是肩負著詩應不脫離社會大眾，不陷入晦澀難懂，詩不會誤走偏鋒的重責大任，而採取的一種穩當作法。由於不想因求新求變而落為怪異，所以實驗的精神闕如，常被人誤認為數十年如一日的在寫同樣題材、同樣手法的詩。由於兩派的抱負不同，因而也就表現各異。不能說誰是誰非，但對詩走向美好的追求應是一致的。大家應該敞開胸懷不分彼此，和平共存。至於誰能修成正果，且待時間來決定。

很詩的一天

我們每天過日子，總是感到很「政治」。可怕的政治病毒幾乎無孔不入，偷窺是政治，出軌是政治，連瑞士那個中立國家捐贈來的救災毛毯，那麼細緻、柔軟無塵，也受了粗糙的政治污染。政治的比爛、比狠、比陰險，無所不用其極，因此我們也活得很鬱卒，總是有「為什麼會變成這個樣子」之感嘆。不知道從哪一刻開始，大家突然會重視起詩來了。就像前幾天，八十九年元月十六日，我們就很「詩」。在臺灣，詩是很「邊緣」的，只有像我們這樣一小撮人在玩詩。詩人是瘋子、無聊的同義詞。這一天卻一反常態，報紙的每個版面，甚至電視新聞上也都有詩的消息，大家都在恭維詩，認為我們的生活將因詩而華美，會使我們思想靈動，甚至詩會是一種人文溫暖，心靈改造的大補湯。真是很「詩」的一天。

首先一家報紙的家庭版上，一位自稱北縣讀者的江女士認為「多一點想像，寫童詩並不難」。她是針對前幾日一篇〈新詩？從何寫起？〉作的回應。她認為只要保有一顆童心，不管大人小孩都可寫童詩，題材在生活中取之不盡，只要隨時觀察身邊的人事物，多用想像力就能夠引發寫作的動機。她還自己隨手寫了一首童詩示範，非常生動有趣，確實是靈光一閃的捕捉。江女士這篇三百字的短文，可以說淨掃對詩的疑慮和成見，會鼓勵很多視詩為畏途的人仿而效之。

影劇版上絕對是很少有詩和詩人的消息的。我們的詩常常會與「小笑話」、「小幽默」之類小稿比鄰，好像詩是「大笑話」。但是今天一位歌手寫的一本詩集《想入非非》卻打遍了臺灣所有報紙的影劇版面。在詩集的發表會上，歌手當場朗誦了兩首她的作品，並說她之所以愛上寫詩是從暗戀一位美國肥皂劇演員開始的，她出詩集本來已做好捱罵的準備，沒有想到讚美卻接連而來，還得到名詩人白靈為她寫序。有位讀者拿了她的詩集愛不忍釋，還用鼻子聞了一聞說「這種感覺好香、好質樸」。作為一個詩作者，一本詩集能得到這樣動人的反應，是非常受用的。我想這可比出「寫真集」有高的品味。真欣慰有人向高品味的詩找營養。

這天最讓詩人們窩心的，是所有報紙的地方版都大幅報導臺北市「捷運公車詩文頒獎」的消息。五千多件參選的作品中雖然只有十分之一的詩文可以入選，但同時會有五千多人在寫詩文，絕對不能說是少數，真可如大會主持人所說是一場極其浪漫的「全民運動」。這場頒獎典禮超乎以往任何詩活動隆重，除有弦樂演奏、西班牙舞蹈表演外，連市長也自動上臺朗誦他最喜愛的一首得獎詩。可說是詩人們最風光的一天。

文化版上出現詩的消息最多最頻繁，倒也無甚稀奇。不過今天一家報紙文化版大幅報導的，卻是一位本已文名大盛，小說、散文、雜文、評論都極精彩，且本身又是一位出版家，卻到五十六歲突然改行寫詩的隱地，這天是他第三本詩集《生命曠野》的出版。隱地半路出家寫詩才七年，就已有第三本詩集的產量，可見他的「詩癮」已到了不可救藥的地步。詩本來是年輕小伙子的發情物，五十多歲已是詩人的更年期，往往非常難產。隱地卻奮不顧身闖入這個行業，而且詩如泉湧。可見只要誰愛上詩，便可把他的生命週期延長。即使出道得晚，仍是詩壇驍將。

也許這一天最打動寫詩朋友的大消息，還是世界趨勢大師約翰奈思比為屬於人文範疇的詩說的幾句公道話。大師認為現在扮演人類文明領導角色的科技，雖然大大改善了人類的生活，把人推向物質文明享受的高峰，但也使人產生錯覺，以為所有的問題都可用科技快速解法，因而忽略了人內在應具有的人文視野，和外在處世的人文素養。因此我們整天只能像機械一樣聽任科技擺佈，製造緊張，而不能有自主平靜的心靈思考。他認為應該及時加強國民的人文訓練，豐富人的人文素養，如此才能平衡過度重視科技帶來的負面影響。他以為詩和音樂是人類偉大的心靈產物，接觸詩，享受音樂，才可擁有一個穩定安和的社會。他建議每個教室都應該有一位詩人。他每週要聽一次詩朗誦。猗歟：盛哉，總算有人站出來強調詩的重要了。讓政治退位，我們好好享受這很「詩」的一天，以及無數「詩」的歲月。

音容俱杳說新詩

佛家的《心經》中有眼、耳、鼻、舌、身、意六識之說，六識即我們常說的六根，也即是人身體上的六種感覺。眼是視覺，耳是聽覺，鼻是嗅覺，舌是味覺，身是觸覺，意即是心靈的感受。這六種感覺是所有的人與生俱來，且恆常反應的。看到鮮花首先是視覺感應，如有香味，則嗅覺就同時受到刺激。但這六種感覺中，如按其排名先後次序看，將視覺與聽覺，即眼耳放在首兩位，無疑有其特殊意義。因為這兩種感覺的接受面最廣、最普遍。我們常說眼觀四處，耳聽八方，即可說明眼耳打前站的原因。我們拿公路旁的廣告牌來說，老遠即會進入我們的眼瞼，然後眼看到畫出的景致，產生各種聯想。同樣拿一首樂曲來說，只要一放出來，遠近的耳朵都必聽到或享受到。尤其在此影音科技特別發達的時代，視覺和聽覺的傳播是無遠弗屆的，嗅覺和味覺以及觸覺則尚無此便利的擴張工具。

也許是由於視覺和聽覺是如此影響深遠到人與外界的接觸，因此我們才有所謂視覺藝術和聽覺藝術的講究吧？學院裡面也才有美術系和音樂系的設立，這兩種藝術的美學價值是有它們研究不完的空間。

因此，我就想到我們祖先發明了詩的偉大性。從那麼久遠的草根年代，我們的詩就已經將視覺和聽覺兩者的精要規範到了詩中，而且是與時俱進的作著不斷的研究改進。我們固有的中國詩可以說是畫面和音符的璧合。

在畫面方面，我們的方塊字先天上每一個字有每一個字的圖畫聯想。如將一個個相關的字組成句子或一整首詩，其產生的畫面更宏大生動，且不止於衍生的聯想，即使從文字的架構上看也是一幅幅活生生的圖畫。古典詩不論是哪一體、多少言，不論是哪一種主題，也必是以畫面呈現，形成所謂「意隨象顯」的視覺享受。「大漠孤煙直，長河落日圓」；「黃河落天走東海，萬里寫入胸懷間」；「枯藤老樹昏鴉，小橋流水平沙，古道西風瘦馬。夕陽西下，斷腸人在天涯。」任何一首詩，都是連環圖畫似的一幅幅呈現。只是都透過超視覺的文字界面在腦中映出，給人更靈巧生動的印象，且不止於紙面作畫的局限。這是詩人以文字作畫。

詩人以文字作畫的絕招，還在於繪出的境界，不是能以紙上作業所可能還原。即以眾所知之的柳宗元〈江雪〉一詩為例：「千山鳥飛絕，萬徑人蹤滅，孤舟簑笠翁，獨釣寒江雪。」此詩如以畫面呈現，前面三句都可用畫筆曲盡畫中之景，但到第四句就會給畫家帶來困惑了。總不能畫釣到一條魚來代替雪吧？這樣畫只是想當然爾的寫實，卻非詩中所表現的無理而趣。無理而趣是一種超感的想像，絕非理性的畫筆所可能畫得出來。碰到這種只有在詩中才獨有的畫境，這是詩人的可能，而畫家不可能的地方。這是中國詩特別高明之處，拼音文字是造不出這種暗藏的奇景的。

至於中國詩中的音樂性本是和詩與生俱來的。我們的詩最早是以民歌方式出現，民歌是可以唱的，有它抑揚頓挫的韻律節奏。由「自來腔」的民歌體演變成為有板有眼的格律詩以後，詩雖然已不以唱為主調，但詩所要求的格律和用韻仍是以詩應具音樂性為考量。因為當時的詩人知道，詩的對象仍是平民百姓和一般大眾，絕非幾個讀書人和知識分子。而且詩人仍不自覺的把詩當成一種教化工具，總希望詩的聲音能得到大眾的共鳴，發生影響力。而詩如有韻味，會使人自動去親近詩，也易於記憶。

而且我們歷代詩的先賢並不以詩已具的音樂性為滿足，仍時常求新求變，一種格律用久以後必定嘗試以新的格律取代。譬如從最早《詩經》的四言詩創意發展到《古樂府》的五言詩；從曹魏父子的五言古體到沈、宋、李、杜的七言律詩，再其後發展到五代的長短句（詞），莫不是這樣不停的變革。雖然每一次變革其間都歷經數百年的醞釀、嘗試和商討才正式成為風氣（從四言到五言一字之差就爭吵了八百年）。這一次次的變革，其目的無不是求詩的音樂性能順應時代要求和個性的創造。

由於我們固有的傳統詩既注重視覺享受，復又講究聽覺享受，幾千年來一直受到喜愛和尊重，不由得就會發現自認聰明絕頂的現代人實遠不如幾千年前的古人有膽識。我們直到近代才藉最新的科技而有音樂和畫面結合的ＭＴＶ。然而現在ＭＴＶ卻產生不了詩的效果，也一點沒有詩的品味。主要的是我們現在的詩已經將音畫的講求完全摒除。音是讀來都詰屈聱牙的不協和音，畫是不成理路抽象畫，讀來都感覺痛苦難當，哪能在心版產生音畫效果。ＭＴＶ是音樂配合畫面來提升閱聽者的共感，兩者之間有共同默契得以和諧呈現。我們的現代詩則音畫各走極端，詩自然也一片模糊。

追究起中國現代詩的既不能悅目復不能入耳，當然我們得問破壞美好的元兇胡適之先生。是他將這種中國詩的和諧美好以「臭腐」之惡名予以推翻摒除的。他認為「詩的目的是用最自然的白話，抒寫最寂寞的情懷」；要實現「不用典，不用平仄，不用對仗的『詩須廢律』和『作詩如作文』的文學主張」。胡先生是個自由主義者，他的用心非常值得肯定。一種詩體通行既久予以變革，這是歷朝歷代詩人都有的抱負，但是這種連根拔除法，似乎沒有考慮以後詩如何再生的問題。胡先生沒有體會到腳鐐手銬戴久以後，一旦開籠放雀得到自由，便會儘量享受自由，甚至濫用自由，毫無顧忌的將詩解放到極點。我們今天的現代詩會落到人人見而畏之，人人都對之莫測高深，便是詩人太過自由的結局。

最近有兩位文壇前輩對我們當前的現代詩發出了急切的關懷。一位曾是胡適之先生的弟子，歷史學家唐德剛先生。一位是古典詩大老九十高齡的趙諒公先生。他們都曾經寫過白話詩，唐德剛先生且曾是胡適領導的白馬詩社的大將。但兩老都已放棄白話詩，回到古典詩的寫作與欣賞。唐德剛先生以〈論五四後文學轉型中新詩的嘗試流變僵化和再出發〉為題寫數萬字的評論刊於《傳記文學》。唐先生從新詩變革的源頭追溯起，到新詩人只接受橫的移植，及郭沫若等主張詩應「極端自由」，以及新詩從重形式輕內容到重內容輕形式等，舉出新詩每下愈況的過程。趙諒公先生則以新詩超前太快，舊詩則又進步緩慢為主題，寫出〈從保存中國文學的美質談到如何促成傳統詩與新詩交流的問題〉。唐先生認為好詩應該有「音」和「義」雙重內容，而現在的新詩卻已變成「啞巴詩」，既不能唱也不能吟。趙先生指出新詩放棄韻律、典故、辭彙等美質，僅僅換得寫作自由，畢竟所得太少，所失太多。而最大的損失就是犧牲詩的重要靈魂，即詩的美質。可以說，兩位老先生的高論已把當今詩的所以衰敗，只有詩人自己孤芳自賞的原因一一道盡。

而今詩已走上網路。網路上的詩更是有如脫韁的野馬，已經是沒有人可以駕馭，更沒有人敢去干涉的一個詩的烏托邦。網路詩人已經不把詩當作文學的最高追求極致。他們只是在玩，在嘗試各種可能的玩法，創造各種可能的詩，被不被人承認沒有關係，只要自己過癮就行。胡適之先生也說過「自古成功在嘗試」。也許有一天，就像從四言詩到五言詩，只一字之差就爭吵了八百年一樣，這些網路小將也會從嘗試中創造出一個視聽雙美的詩的新局面吧！但願不要再爭吵八百年。

其來有自另類詩

自從電腦這個快速而又變化多端的大工具被詩人用來創作詩以後，無奇不有的怪詩便時常出現，令不熟悉此道的人看得眼花撩亂，更被一向對新詩有成見的人視為胡作非為。這種情形在電腦剛開始為詩人服務的時候，表現得更另類。譬如在九〇年代初時，剛出道不久的青年詩人林群盛便完全將電腦程式的符號或縮寫字寫出〈沉默〉一詩，他在題目的後面還特別用括號加出一行英文字Poetry -Basic，即「詩的初階」之意。〈沉默〉的原貌如下：

```
1φ CLS
2φ GOTO 1φ
3φ END
```

RUN

這種所謂後現代狀況下的電腦初階詩是無法翻譯的，翻出來也不像詩。好在這種作怪的詩並未流行起來，現在在電腦網路上看到的詩雖然實驗性十足，但還沒有怪到完全讓英文縮寫字或符號來說話。

其實中國新詩中用英文字母或符號來寫詩的，並非遲至九〇年代才出現，早在二〇年代就有詩人這樣嘗試。一九二五年六月二日至七月廿三日，北京《京報》副刊上，有山西詩人高長虹寫了一系列題名〈閃光〉的小詩。這些小詩中的第九首便有如下的表現：

「abcd……」
打字機在運動了。

這首詩分明是由當時最新流傳到中國的打字機所引發的靈感，以打字機的鍵的動作來引爆人的思維，作出各種自由聯想。另外還有第二十六首則更簡化，只有一個字的兩聲驚呼：

手!?
手!?

……!?

這首小詩連標點符號也動用到了，可以說開符號縮寫字詩的先河。會寫這樣的詩完全與詩人高長虹對詩的獨特觀點有關。高長虹這位當年魯迅倡導組織的「莽原社」的重要成員，曾被魯迅譽為莽原「奔走最力者」，他從來不把僅僅是用墨水寫在紙上的詩看作是真詩。他格外強調詩與生命的融合，認為詩必須是詩人真正的「心痛」的流露與結晶。在那工業革命尚在西方如火如荼進行，中國尚是一個完全農業社會的時代，手控的打字機尚是新奇物，電腦這怪物連八字都還沒有一撇，有進步思想的詩人便已進入到九〇年代的詩的新嘗試了，誰說詩人只是一個七彩煙霧的製造者呢?現在，不把僅僅是墨水寫在紙上的詩看作是真詩的比比皆是，像提倡詩的聲光的一群詩人，還有在網路上的詩的暴走族。

詩人的新天地——網路

預測未來是一件很危險的事。在下既非鐵口直斷的八字先生，亦不是觀水晶球而卜吉凶的巫師，連流行的塔羅牌也不會看，對於預測什麼一事，一向不敢亂發議論，免得被譏為諸葛不亮。因我深知對尚未來到的妄加揣測，常常會使自己的信用破產。遠的不說，即以歐威爾而言，他曾早在一九四八年完成他的《動物農莊》不久，即著手構思他的預言小說《一九八四》，在書中他斷言到了一九八四年天下就會為「老大哥」所獨霸，凡是不服的人就被思想觀察給「蒸發」掉，這是一種多麼恐怖的預測。怪不得在一九八四年以前的那段歲月，全世界的人都惶惶不可終日，無助地眼看噩運的降臨。然而到了一九八四年四月四日那天卻風和日麗，天下太平，全世界都沒發生任何凶險。最沒想到的是，後來被蒸發掉的反倒是老大哥自身。世事的難以預料，莫此為甚。

預測詩的未來更是充滿變數。就我的親身體驗，我們的詩自五四以來就沒停止過求新求變，革命的聲浪沒有一天靜下來過。除了極少數的人以不變應萬變以外，每個寫詩的人，不論參與先後都在不停的憑能力智慧做實驗找創意，務使自己的詩一個時期有一個時期的面貌，一首詩有一首詩不同之點。這種積極求新求變的心態，一方面是歷史的必然趨勢，詩到某一僵化程度必有某種改弦易轍的主張。另一原因是隨著文明的進化，多元文化的勃興，自由解放思想的提倡，每個詩人也都會要求一片屬於自己的天空。權威的解體，中心思想的不張，即使所謂解構顛覆的講求，亦莫不是為求詩各人有各人的面貌，穿制服的時代早已作古。這脫舊換新的潮流已上路，即將到來的下一世紀，當亦不能遏止，恐亦無法逆潮流而行。這不是預測，而是根據事實說話。

在所謂預測未來的發言中，埃文·托勒佛的《第三波》無疑是一本比較能撥開雲霧見青天的書。他是根據文明的進化來預測未來的。他認為緊跟著第一波的農業文明、第二波的工業文明之後的第三波資訊文明，無疑將會主宰這個世界。不出二十年，埃文·托勒佛的預言已經成真，電子科技發展成的資訊網路已經進入各行各業，事實上已經主宰整個世界。在《第三波》書裡沒有一字討論到詩的未來，但無疑這股第三波文明已經在詩的表現上發揮強而有力的參與行動。當寫詩的人和無遠弗屆的資訊網路碰在一起時，網路詩即應運而生。

網路詩壇是一個可以自在遨遊的廣闊天地，一些不滿平面媒體蹣跚不前，及痛恨處處受到限制和挑剔的年輕詩人和實驗力強的詩人，像發現了香格里拉世外桃源樣的在網路上盡情揮灑，把年紀大守舊且不思上進的詩人遠遠的丟在紙媒體上去樂享天年或醉生夢死。這些醉心於網路的年輕詩人簡直樂不思蜀，他們將創作、發表及批評連成一線進行。一首鍵盤敲出來的詩，從生到死有些頂多只有燒一根煙的功夫，非常痛快淋漓。網路上的詩由於不受任何管制和約束，也不要顧及主編大人的好惡，放心大膽的作各種實驗。文類界限模糊的現象已是見怪不怪。不但詩的形式已無定則，即使文字也不再是唯一界面，符號、符碼、聲音、圖畫全可發揮出詩人一直夢想的視覺效用。網路詩已使詩從質變到量變，從嚴肅的千古事變成玩具反斗城。只要怎麼過癮就行。詩在真正實踐後現代狀況的無深度、去中心，以及顛覆解構等革命性行動。這股潮流從二十世紀末方興未艾，進入近在咫尺的二十一世紀必定賡續風起雲湧，玩得不亦樂乎。不用預測，至少二十一世紀前期的詩壇生態必將如此。

我們這些一輩子守住紙媒體的孤臣孽子，如果不想到另一新天地裡去一探究竟，或者遊走於各處詩網站，和年輕詩人一比詩的高下，儘可摀住自己的耳朵，遮住自己的眼睛，仍然堅持以詩來為天地立心，為生民立命，但是別忘時間已經不站在我們這一邊了，二十一世紀難保不是由網路詩人們獨領風騷。

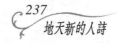

好書推介

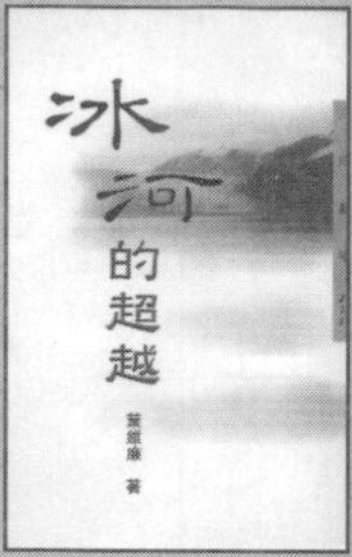

冰河的超越　葉維廉

在新生的冰河灣初次與壯麗的冰河群相遇，面對這無言獨化、宇宙偉大的運作，喜悅、震撼、思涉千載，而激盪出澎湃磅礴的——《冰河的超越》。

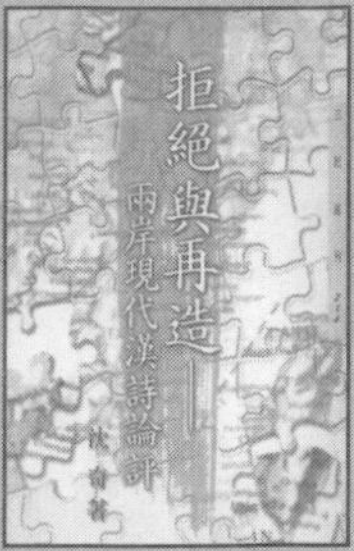

拒絕與再造——兩岸現代漢詩評論　沈奇

在人云亦云的詩歌思潮與觀念外，不斷跟蹤和尋找新的詩學命題，堅持從兩岸具體的詩歌現實出發，作不失歷史情懷的個性言說，使灰色的理論之門掛滿綠色的長青藤，好讀有味。

新詩論　許世旭

一般認為新詩是由歐美「橫的移植」而來，但作者深入中國詩歌多年，從主題、素材、風格、語言，發現許多與傳統暗合及更新再鑄之處，溝連了新詩與傳統詩歌的縱承關係。

新詩補給站　渡也

以淺易有趣、實際有效的方法，教導讀者學習寫詩；將新詩運用於廣告上，值得關注和提倡。另有新詩的鑑賞、批評，及作者寫詩動機、詩路歷程及詩觀。

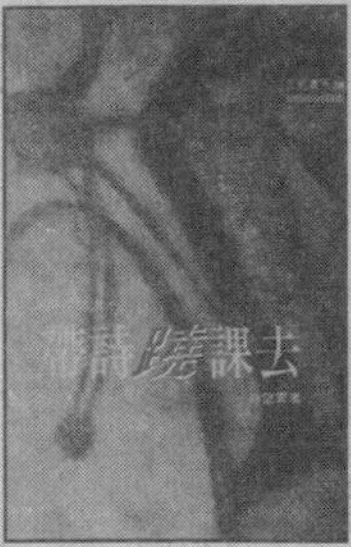

帶詩蹺課去——詩學初步　徐望雲

自由詩發展到今天，不管就文體或被接受的程度，都有許多問題尚待解決。本書以輕鬆的筆調、嚴肅的心情，一步步為您揭開謎底，讓所有問題的答案都赤裸裸地呈現。

詩與情　黃永武

「可想不相思，可免相思苦；幾次細思量，情願相思苦。」作者透過讀書筆札之餘興，默察浮生之餘情，擷拾歷來感人情詩，首首如新摘茶筍，簇新可喜。

愛廬談文學　黃永武

本書以中國文學詩歌為主體，為維護中國的正體字而大聲疾呼；為光揚中國古典詩在現今生活美學中的價值，而細心闡發，極具啟發性。亦可窺見作者對明代六千種善本書鑽研的興致。

私閱讀

蘇偉貞

私之閱讀，閱讀之思，寫書、讀書、評書，與書生活在一起的「讀書人」蘇偉貞，以她獨特的觀點，在茫茫書海中取一瓢飲，提供您私房「讀」品，帶您窺伺文字與靈思的私密花園。

食字癖者的札記

袁瓊瓊

您對文學莫名其妙地熱中，有不讀書會死的焦慮嗎？此病無藥可醫，只能以無止盡的閱讀緩解症狀？恭喜！您罹患了一種精神官能症——「食字癖」。

與書同在

韓　秀

臺灣一年有多少本書面世呢？三——○○○○以上，沒錯！四個零。面對書山書海，是否有不知如何選書的困擾？與書生活在一起的韓秀，將帶領您超越藩籬，進入書的世界裡。

用心生活

簡　宛

用心生活是簡宛的生活寫照。本書收錄她近年來的作品，包括書情、友情、愛情、旅情與世界情。在紛擾多變的世界中，讀簡宛的書，也讀出了生活的甘美和真誠。

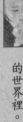

國家圖書館出版品預行編目資料

詩來詩往／向明著.－－初版一刷.－－臺北市；三民，2003
面；　公分－－(三民叢刊；240)

ISBN 957-14-3811-1　(平裝)

1. 中國詩－評論

821.88　　92008911

網路書店位址　http://www.sanmin.com.tw

© 詩　來　詩　往

著作人　向　明
發行人　劉振強
著作財產權人　三民書局股份有限公司
臺北市復興北路386號
發行所　三民書局股份有限公司
地址／臺北市復興北路386號
電話／(02)25006600
郵撥／0009998-5
印刷所　三民書局股份有限公司
門市部　復北店／臺北市復興北路386號
重南店／臺北市重慶南路一段61號
初版一刷　2003年6月
編　號　S 81101-0
基本定價　參元貳角
行政院新聞局登記證局版臺業字第〇二〇〇號

ISBN　957-14-3811-1　(平裝)